CHARACTER NAME
ルル

教室にいると、
なんだか痛い……

CHARACTER NAME
ナナ

フォロー待ってます♥

あぁ、
帰りたくないのになぁ

CHARACTER NAME
エリム

CONTENTS

12 ▶ プロローグ

16 ▶ 後天性病弱少女の葛藤

41 ▶ 帰宅不可少女の誕生前

58 ▶ 肌色誇示少女の承認欲求

76 ▶ 少女たちの結託

126 ▶ 少女たちの束の間

191 ▶ 少女の甘い企みと巻き込まれる少女たち

237 ▶ 少女たちの決別

252 ▶ エピローグ

ベノム
求愛性少女症候群

城崎
原作・監修：かいりきベア

MF文庫J

口絵・本文イラスト●のう

はじめに

皆様のおかげで楽曲「ベノム」が小説になりました。

過去に出したマネマネサイコトロピック・イナイイナイ依存症という曲は、かいりきベア自身が物語を書きましたが、今回の小説は著者の城崎さんが、かいりきベアの曲を聞いて、こう解釈した、といった小説独自のストーリーになっています。

他の曲のキャラクターも登場しますが、それぞれ原曲の設定とは異なりますので、それぞれの曲の公式解釈が、この小説の内容である、といったことはないです。

こういった解釈の世界もあったら楽しいな……！という風なパラレルワールド感覚で読んでもらえたら嬉しいです。

かいりきベア本人による公式解釈は無いのか……？と思われるかもしれませんが、元々ベノムは小説化を想定してなかったので、ベノムの歌詞には詳細なストーリーはありません。

なので、小説になったらどんな話を作ってくれるのか、自分自身も楽しみな小説化でした。

いつも楽曲イラストを担当してくれている、のう氏による描き下ろしイラストたちも必見です。

原曲と異なるキャラクター設定や物語に「え？」と思う場面もあるかもしれませんが、一緒に楽しんでいきましょう！

かいりきベア

◆プロローグ

この世界で生きている限り、不平不満という毒を抱えることから逃れられはしない。

どこかにあると言われているアヴァロンに行くことが出来れば逃れられるのかもしれないが、そこに至れる人類は少ないだろう。

ゆえに、人は体内に抱えた毒を吐き出すための場所を欲している。その場所のうちの一つが、裏アカウントと言われているものになるだろう。

——裏アカウント。通称、裏アカ。

SNS上で、本人と関連付けられたくないという動機のもとに作られるアカウントのことだ。不平不満という毒を吐き出す目的で使っている人間も多い。また、普段は抑圧されている欲求を解放出来る場所でもある。

多種多様な目的のために集ってはいるものの、裏と名がついていることからも分かるように、そこにいるのは表立つわけにはいかないものがほとんどである。

最近そこで広まっている噂(うわさ)も、その内の一つといえるだろう。

『求愛性少女症候群って知ってる?』

『ナニソレ。新しい隠語？』

『隠語じゃないしｗ』

『アヤさんのことだからてっきりソッチかとｗ』

『なんか聞いたことある』

『まさかの!?』

『この前絡んでた人が発症したとかなんとか言ってたような気がする。もうあんまり覚えてないけど』

『ヤバい薬キメちゃった的な話？　あんま関わんないほうがいいよ、そういうのは』

『関わりたくなくても、なる人はなるんだってよ？　一種の病気ってゆーかさ』

『そうそう。私が見た発症した人は、急に視力が上がったけど目にハートマークが浮かぶようになってた』

『なにそれかわいい。カラコン付けなくてもそんな風になるの？　ちょっとうらやましいかも』

『あ、でも別の人は歩けなくなったーとか書いてた気が』

『めちゃ怖じゃん!!　なんで!?　なんでなるの!?　っていうか個人差やば!!』

『それがよく分かってないらしいんだよね～』

『一説によると、裏アカやってるとなるらしいよ？』

『マジ？』

『それはじめて聞いたわ』

『えー、対処法やめるしかない感じ？』

『でも個人差あるし、そもそものショーコーグン？がほんとのことかも判明してないんだよね。かまちょが勝手に言ってることかもしれないとも言われてるし』

『あ、ただの噂なんだ。名前がいかついからガチ感がすごい』

『わかるw』

『でもお医者さんが言ってたら吹くかも、求愛性少女症候群ってさ』

『すごいわかるー』

『【速報】ゆきりんこん、三度目の炎上』

『またー？』

『今度はなにやらかしたわけ』

『ちゅべが発信源らしいよ、見に行こ』

『いこー』

　求愛性少女症候群。

　所詮は根拠のない噂だろうと、大半の者は流して他の話題へと移っていく。

けれど、その症状は確かに存在しているのだ。あなたが知らないだけで、周りの誰かは発症しているのかもしれない。

◆後天性病弱少女の葛藤

熱気の高まる、中学のバレーボール県大会準決勝の最終セット。

熱は全身にまとわりつき、汗として流れ落ちていく。五セットもの間、試合が続いているのだ。交代があったから動いている時間はその半分だろうけど、それでも会場の熱にやられてしまっている。ユニフォームが肌にまとわりつく感覚が少し気持ち悪い。

今は両校とも二セットずつを取っているものの、点数はこちらが二十四、相手が二十五という場面だ。ここで相手に一つの加点を許してしまえば勝負が決まってしまう大詰め。

勝負の結果次第で、私たち三年生の今後も決まる、大事な局面だ。

全員の気が極限まで張り詰めており、ピリピリとした空気が漂っている。長い時間動いているせいで、疲れもあるのだろう。

しかし感情が高ぶっているのもあってか、出てくる声はどれも疲れを感じさせないほどに大きい。私も含めて、虚勢を張っているのかもしれない。声をスイッチにして、最後の最後まで力を振り絞っている、気がする。

「来るよっ」

「はーい!」

相手から返ってきたボールを、マリナがレシーブで受けとめる。それを私がトスで高く上げて、ユカがアタックを打つ。

ここまで動いていてもなお力強いアタックだ！　これで決まるかもしれない！

私の思いとは裏腹に、相手はそのアタックを見事受け止める。それから同じようにトスをし、アタックで返してきた。これはアミがブロックで即座に返す。

相手の反応が、一瞬遅れる。

今度こそ決まるかと思ったけれど、向こうはしぶとく片手で拾い上げた。上げるのが片手であったにもかかわらず、うまい具合にボールは高く上がる。長身のアタッカーらしき子がそれを受け取って、アタックを決めるのだろう。

ふと、手を振り上げる長身の子と目が合った。彼女がにやりと笑うのと同時、不思議と自分が狙われると分かって冷や汗が出る。私たちのチームで一番強いユカのアタックですら危うく受けとめている私に、受けとめられるだろうか。恐怖に身震いする。

……いや、取らなきゃならないのだ。だって、そうしないと負けてしまう！

長身の子の動きを見ながら、ボールを追いかける。案の定、ボールは私のところに来た。

取らなきゃ。絶対に取らないと！

全身を動かして、ボールを拾いに行く！

しかし気が付いた時には、ボールは自らの手をすり抜けて地に落ちようとしていた。

間に合わないと、頭では既に悟っていた。にもかかわらず、動き続ける手足。目の前をスローモーションのようにゆっくりと落ちていくボール。一瞬も逸(そ)らすことの出来ない、目線。

ボールが体育館の床に落ちた瞬間、ボールがわずかに跳(は)ねる音をかき消すかのように終了のブザーが堂々と鳴り響く。続いて、相手コートに巻き起こる盛大な歓声。

けれども、私の意識はそのボールから離れなかった。回収されていくボールを、なおも見つめ続ける。

「集合ッ」

監督の声と周囲の足取りで、ようやくボールから意識が離れる。

よく分からないまま、習慣として体が動き集合の形を取った。けれど今度は、私の意識がふわふわと宙を舞っている。監督が話しているのは口の形からなんとなく分かるけれど、なにを言っているかは全然分からない。

とはいえ、分かっていることなんて一つだ。

私たちのバレー部は、私のミスが致命打となって負けたのだ。それ以上でも、それ以下でもない。

改めて、事実と向き合う。心臓がギュッと掴(つか)まれたような感覚に陥った。

怖い。どうしてだかは分からないけれど、そう思った。

○

「ルル！」

思いきり左右に揺さぶられる感覚に、ハッとして声のほうを見る。

「なにぼーっとしてんの！　危ないでしょ！」

見れば、マリナが少々怒ったような顔でこちらの肩を揺さぶりながら顔を覗き込んでいた。なんだろうと周囲を見回せば、赤だったはずの信号が青になっている。周りの人たちがこちらを怪訝そうに見ながら、そそくさと渡っている。

それらすべてが分からなくなるほど、物思いにふけっていたらしい。

私は申し訳なさに苦笑を返す。

「ごめんごめん、ちょっと考え事してて」

「びっくりするじゃん！　気をつけてよね」

「気をつける……。でさ、さっきの話どうなったの？」

「あー、それでね」

「うんうん」

……申し訳なさはたしかに感じているけれど、仕方ないじゃんという反抗心もある。

だって、ふとした瞬間に思い出してしまうのだ。あの大会で、私がしでかしたことを。流石に夢に見たことはないけれど、起きている限りは些細なことをきっかけに思い出してしまう。

特に、あの時一緒に戦っていたバレー部の子たちと一緒にいると思い出しやすい。それもそうだろう。気にしないでと口ではみんな言ってくれたけれど、本心ではどう思われているのか分からないのだ。

『アイツのミスのせいで準決勝敗退だった』。一人くらいは、そう考えているだろう。そうして、嫌悪されているのだ。表情には見せない辺りがすごく憎らしい。けれど、いつかあからさまな嫌悪を向けられるのだろう。そう思うと、怖い。話している時も、いつ笑顔から無表情や嫌悪の表情に変わるのだろうと気が気ではない。

もしかすると、私を除いたメッセージグループだって出来ているかもしれない。この前のボウリングも、たまたまユカが口を滑らせたから誘われただけで、本来ならば私は誘われていなかったかも……。いや、きっとそうだ。

そう確信してしまうほどに、私の心は病んでいた。

リュックを下ろし、そのままベッドに寝転がる。今日はあまり荷物がなかったはずなのに、やたらと肩が痛い。部活を引退して体を動かさなくなったせいで、疲れやすくなっているのだろうか。だとしても、運動しようとはとてもじゃないけど思えない。

家に帰ったら、もうなんにもしたくない。

『今日もマジ疲れた。部活がなくなったと思ったら、今度は受験勉強。やってられない。高校は部活とか絶対入んない!!』

病んでいると自覚してからは、最近始めた身近な人には教えていない裏アカウントへ愚痴を吐き出すことがもはや日課になってきていた。一日の中でも頻繁に吐き出すことがあるから、日課というよりも一種の呼吸というほうが近いかもしれない。

現実世界で生きていくために、大切な呼吸。

今日も帰宅後にアカウントを開き、いくつかの不満を呟きとして投稿した。すると、すぐに同調が返ってくる。同じような境遇の学生が、インターネットには相当数いるのだろう。そう思わせてくれるところも、魅力の一つだと思う。

きっと皆、同じように現実では吐き出しづらいのだろう。吐き出せる相手がいたとしても、ずっと愚痴を話し続けるわけにもいかないから、インターネットに吐き出す。有意義なことだ。

寝る準備をしてから再びベッドに横になり、同調のコメントに軽く反応を返した。それから枕の横にスマートフォンを置く。

「はぁ」

ため息。

「疲れたなぁ……」

その言葉は、本心から出たものだ。肉体はもちろんなのだが、精神もへとへとに疲れている。けれど、上手く寝付くことが出来ない。

バレー部だった頃は肉体的な疲れがほとんどでよく眠れていたから、その点でいえば部活に所属していたほうが良かったのかもしれない。

けれど、もうどこにも所属することはしないだろう。あんな思いはもうしたくない。

内申点のために万が一するとしても、試合がないような平和な部活にするだろう。なんなら、活動日数が少なくてもいい。でもそれって、部活する意味あるのかな？　試合がない部活なんて、張り合いがなくて楽しくなさそうだし……。

「うー……」

つらい出来事から逃れるように再びスマートフォンを手に取り、裏アカウントのタイムラインを見つめる。

裏のアカウントには、同じく学生として昼間に活動をしているのに夜中まで起きている人がかなりの数いる。昼間に眠くならないのか不思議でたまらないけれど、どの時間に見ても大体人がいたりするのはなんだか落ち着く。同級生を主にフォローしている表のアカウントであれば、こんなことはないだろう。そもそも表の人たちは、あんまり呟いてもいないし。

人の呟きに反応を付けたりしていたところ、とある一つの呟きが目に入った。

『求愛性少女症候群って知ってる？』

見慣れない単語だけれど、響きがなんとなく良いなと思った。

求愛性少女。

そのままアイドルのグループ名に出来そうだ。

気になったので、呟きに対するリプライも見てみる。それらによると、どうやら最近噂として広まっている病気的なものらしい。その症状は名前の良さに反して怖いものだったが、それすらも噂としてよく分かっていないようだ。それなのに、どうして本当の病気みたいなしっかりした名前がつけられているのだろう。不思議でたまらないけれど、上手く頭が回らない。あくびが出る。考えることが難しい。眠くなってきたみたいだ。

スマートフォンを手放し、布団に包まる。その数分後には、眠りについた。

翌日。教室に入り荷物を整理してから、いつもの元バレー部メンバーが集まっているところへ駆け寄る。

「おはよー！　今日は何話してるの？」

皆の視線が、一瞬にして私に集まる。そこで返ってきた『おはよう』の数々は、いつもよりも活気が無かった。不思議に思い首を傾げる私の目に、数学の問題集が目に入る。滅多なことでは、誰も手にしたがらないものだ。つまり……。

「もしかして？」

嘘（うそ）であって欲しいという願いを込めた問いかけは、確かに頷（うなず）かれた。一瞬にして、血の気が引いていく。

「そう。もしかしてじゃなくて、確実に抜き打ちの小テストがあるらしい」

「隣のクラスの森（もり）が、朝の職員室で見たって言ってたんだ。アイツの言うことだから、間違いないんだよ！」

「なにもやってないよ⁉」

「みんなやってないから、こんな風にお通夜状態なんだよ！」

「普段からきちんとやってればそんなことにはならないのにねぇ」

「そうやって余裕見せる暇があるなら教えてくれ！」

「え？　教えてもらう人になんて？」

「お、教えてください！」

「お願いします！」

「どうしよっかなー」

ワァワァと騒ぎながら、アミに解説をねだる。彼女はなんだかんだ言いながらも、丁寧に教えてくれる。それを私たちは、ぎゅうぎゅうと肩を並べながら聞く。いつものことだ。こうやって一夜漬けならぬ、一朝漬けで乗り切ってきた。今回もそうだろう。まさか部活が終わってからの受験前もこうしているだなんて思ってもみなかった。

でもまぁ、部活が終わって、はい受験です！と言われても実感が湧いてこないのも事実だ。たぶんみんな、そういう感じなんだろう。そうであって欲しいと思う。

アミがしてくれる解説は、本当に分かりやすい。先生よりもずっとだ。そのおかげでよく頭に入ってくるけれど、肝心の頭がちょっと痛い。耐えられなくもないけれど、薬を飲んだほうが楽かもしれないと思う程度には痛みがある。頭痛薬、持って来てたかな。後でポーチの中を見てみよう。

○

帰ろうとしていた私の前に、ユカが現れた。その顔には、分かりやすく困惑が浮かんでいる。

「なぁルル、今日は」

「ご、ごめん。今日もちょっと用事があるから、早く帰らないとなんだ」

「そ、そうなんだ」

明らかに沈んだ声色に後ろ髪を引かれるが、私は靴を履き替えた。

「……また明日ね」

向こうの返事を待つことなく、走ってその場を後にする。あぁ、こんな逃げるような真似をしてしまう自分が嫌だ。絶対にまたかと思われてしまっただろう。それで哀れみの視線を向けられるのが、本当に嫌で嫌で仕方がないのだ。

一緒に帰ることを拒否したのは、これで何度目になるだろう。それでも彼女たちは、懲りずに誘ってくれている。それが嬉しい分、罪悪感もすごい。大会でミスをしたから自分は避けられていると思っていたのに、どうして私が避けるようになっているのだろうか？こんなの望んでない。本当なら一緒に帰ったり、気分転換でカラオケなんかに遊びに行ったりしたいのに、それも出来なくなってしまった。

それもそのはず。

元バレー部である子たちと一緒にいると、どうしてだか体調が悪くなるようになってしまったのだ。起こる症状は多岐にわたり、どこかしらが痛くなったり目眩がしたりする。ひどい時にはその痛みに耐えられず、授業中だというのに保健室へ行くこともある。それも一回ではなく、何度もだ。この時期になるまで行ったことなんてなかったのに、今じゃ先生に顔を覚えられるほどになってしまった。

その症状が元バレー部の皆と一緒にいる時に起きるのだと分かったのは、ついこの前のことだ。

体調不良そのものは、一ヶ月ほど前から続いていた。なんでもない日のお腹の痛みからはじまって、日に日に悪くなる一方だったけれど、急に苦手な勉強をやり始めたからそうなるのだろうと無理やり納得していた。バレーの大会で失敗したという、ストレスもあったわけだし。

けれど、一週間前の誰とも遊ばなかった日のことだ。その日は一日中机に向かって勉強させられたにもかかわらず、いつもより疲れが少なかった。そして、頭やお腹も一切痛くならなかった。そんな日は最近少なくなっていたから、すごく驚いた。そして、もしかして皆といないから何もないんじゃないかと目星をつけた。

けれど偶然なのかもしれないと思い、次の日の休みも誘いを断って家にいた。すると、やっぱり何の体調不良にもならなかった。

そして次の日に学校へ行って皆といると、痛みが襲ってきた。勘違いだと思い込みたくても、それどころではないほどに痛いのだ。原因は、皆と一緒にいることだと断定してしまってもいいだろう。

今までは笑っていれば大丈夫だろうと、痛みを和らげる意味も込めて皆と出来るだけ一緒にいた。それなのに、あろうことか皆と一緒にいることが原因だったのだ。

その日は、裏アカウントで暴れまくった。

どうして自分が、こんな目に遭わないといけないの⁉

そんな思いを、ひたすら長文で書き殴った。だってそうだろう。せっかく皆は一緒にいようとしてくれているのに、私はその輪の中に入れなくなってしまったのだ。入っていたとしても苦しくなり、結局出なければならなくなる。そんなのは入れないのと何一つ変わらない。

確かに避けられているという被害妄想を抱いたことは、悪いことだったのかもしれない。けれど、当時の状況からしてそう思ってしまってもしょうがないだろう。

それに体調が悪くなるせいで、まともに授業も受けられなくなっている。教科書の内容自体はすでに終わっていて復習になってはいるけれど、部活を理由に一夜漬けで乗り切ってきた人間にとってはかなり重要だ。ここでちゃんとしておかないと、本当に何にも分からなくなってしまう。高校受験に失敗するのは嫌だ。

色々な思いが混じり合って、涙が止まらない。途中でどうしたのとお母さんが様子を見に来たけれど、その腕の中で泣き続けるだけで何も話せなかった。

次の日の朝。寝起きに裏アカウントを見てみると、知らないアカウントからの反応があった。

『それ、求愛性少女症候群じゃないですか？』

以前見た気がする言葉だが、どういうものだったか思い出せない。知らない人の冷やかしという可能性もあるので、無視をする。嫌々ながら布団から起き、学校へ行く準備を始めた。泣きはらした顔は、念入りに手入れをする。

学校へ行くと、私の机の前に元バレー部の子たちが立っていた。先頭で神妙な顔をしているのは、かつてキャプテンを務めていたアミだ。試合をしていた頃よりも険しい表情に、私の足はその場に止まってしまった。何を言われるのだろう。

怖くて、そのまま保健室に足が向きそうになる。けれどこちらに気付いた向こうが、私を取り囲んだ。全員が全員険しい表情をしているわけではなかったが、それでも取り囲まれると威圧感がすごい。

「何で最近、私たちを避けてるの？」

前置きを挟むことなく、彼女は口を開いた。

「そ、それは……」

「言えないことなの？」

言ったってどうせ嫌な意味にしか捉えられないから、言いたくない。けれど目の前にある視線は鋭くて、私は罪悪感から口を開いてしまった。

「皆といると……た、体調が悪くなるから……」

「それ、どういう意味？」

マリナが、食い気味に私のほうへ詰め寄ってくる。それをユカがまぁまぁと、間に入って止めようとしてくれた。けれどユカの手は跳ね除けられ、私はマリナに手首を掴まれる。

「私たちといるのがそんなに嫌ってわけ？」

違うという否定の言葉すら打ち消すように、彼女は言葉を続ける。

「確かにルルはバレーの大会でミスったよ。でも相手にあれだけ点を取られてる以上、アンタのせいだけじゃないじゃん！」

彼女が私の手首に込めている以上の力が、私の手首を圧迫する。痛い。

「それなのに私たちがそれを責めるだろうって思ったわけ⁉　避けるだろうって思ったわけ⁉　馬鹿にしないでよね！」

「違う！　嫌なわけない！　でも、すごく痛いの！　今だってそう！　だから放して！」

ぶんぶんと手を振り、マリナの手を振り払う。掴まれた手首が、折れてしまうのではないかと思うくらいに痛い。力のない彼女に手首を掴まれるだけで、こんなにも痛んでしまう。

「何で痛いの？」

「……分からない」

「適当言ってるんじゃないでしょうね⁉」

「ま、まぁまぁ。そこまでにしとこうぜ？　今のはもしかしたらマリナも力入れすぎてたのかもしれないしさ。痛かったよなルル。よしよーし」

そんな調子で、ユカがいつもの調子で私のことを抱きしめる。その瞬間、信じられないほどの激痛が走った。

「やめて！」

思わず、彼女を突き飛ばす。

「え？」

ユカの顔が、信じられないといったように歪んでいった。

「なんで……？」

さっきまでのうるささが、一瞬にして静かになる。周りを見れば、皆信じられないとでも言いたげな顔をしていた。

私だって信じられない。こんな、こんなはずじゃなかったのに！

「ま、待って……」

「最低」

吐き捨てるように、マリナが言う。それ以外の子は何も言わなかったけれど、そうとしか言えない視線でこちらを見た。けれどすぐにユカを気遣うように近寄り、彼女の肩を抱いて何処かへ行ってしまった。行く方向的に、多分保健室だろう。怪我とか、してないといいんだけどな……。現実味がなさ過ぎてどこか他人事のような感想を抱きながら、私は一人取り残された。

その日を境に、休み時間に一人で過ごすことを耐えるようになった。最初はどう見られているか不安だったけれど、受験勉強に夢中になっていて一人で過ごしている人も多かったために、そんなに注目を浴びることはなかった。教科書を開いて眺めていれば、私も立派な受験生に見えていることだろう。実際、それで少し英単語を覚えられたので良かったとも思う。

どうせあと数ヶ月後には、皆バラバラの進路を進むのだ。高校生になればまた人間関係も入れ替わって、元のような輪の中に入れるようになるだろう。きっとそうだ。そうであって欲しい……。期待を抱きながらも、自分の身に起きている症状を解決する手段がないことに絶望している。高校入学までには、なんとかなっていないと困る。

『今日も嫌なことばかりだった。早く卒業したいなぁ』

そして一人であることに慣れていくにつれ、裏アカウントにのめり込むようになっていった。もはや私にとっては現実のほうが、海のように生きづらい世界になっていた。

○

高校生になったけれど、私を取り巻く周囲の環境はあまり変わらなかった。

同じ中学校の子があまり進学していない学校を選んだため、前評判なんかはそんなに気にしなくて良かったけれど、私に誰かが触れた途端に私の体調が悪くなる現象は変わらなかったからだ。触れてもなんてことはない子もいたけれど、体調が悪くなることのほうが圧倒的に多い。

毎回誰かに触れると体調が悪くなると分かっているのに誰かといたいと思うことは、きっと愚かなんだろう。

それでもまだ入学したばかりなのだ。友人を作ろうと思い、一生懸命取り繕ったりしてみた。結果、いくつかのグループを経て目立つことのない子たちが集まって出来たグループに落ち着いてしまった。今日もその子たちと愛想笑いを交わしながら、昼食を一緒に食べている。

この現状を、良いとは思っていない。これから先もずっと愛想笑いを浮かべ続けなければならないのかと思うと、ゾッとする。

けれど、この現状を改善する手段も思いつかない。一人になるということも考えたけれど、私にはそんな度胸はなかった。

「ルルちゃん、もしかして眠い？」

グループの一人である相沢さんが、そう問いかけてきた。おどおどとこちらの様子をうかがっている。おそらく自分の話がつまらないから、ちゃんと聞いてもらえていないとでも思っているのだろう。半分くらいは当たっているけれど、そう素直に言うわけにもいかない。眠いということにしておこう。

「ちょっとね。昨日あんまり眠れなくて」

「そうなの？　課題が終わらなかったとか？」

「まぁ、そんな感じかな」

「寝不足はお肌の敵だから気を付けたほうがいいよぉ」

相沢さんは手を前で垂れ下げて、お化けのようにする。それで怖さを表現していると思ったら、不覚にも笑ってしまった。

「あ、笑った！」

どうしてだか、嬉しそうに彼女も笑った。

「いやだって、相沢さんのそれが子どもっぽいから、つい」

「子どもっぽいとは失礼な！」

「怖いものとして出てくるのがお化けである時点で、いかにも子どもだろ」

今まで黙って読書に集中していた田中さんが、割って入ってきた。ということは、もうお昼休みは終わりなのだろう。時計を見ると、終了五分前。相変わらず彼女の体内時計は正確なようだ。正直、ちょっと引く。

相沢さんはそんな田中さんにも失礼な！と訴えかけているけれど、そこは私も同じことを思った。

お化けなんて、怖いのは子どもだけだ。成長するにつれて分かる。本当に怖いものは、やっぱり人間なのだと。

「そろそろ時間になるし、教室に戻ろっか」

「そうだねー次はなんだっけ？　あ、国語か！」

「うわ、だるいなぁ」

　連れだって教室に戻り、それぞれの席に座ったところでチャイムが鳴った。先生が扉を開けて入ってきて、授業が始まる。

　先生の話を午後の眠い頭で聞き流しながら、ぼんやりと自らの利き手である右手を見つめる。

　どうして、人に触れると体調が悪くなる体になってしまったのだろうか。

　疑問というよりも、悲しみとして常に嘆くようになった。

　よりにもよって、なんで私がこんな目に遭っているのだろう。そんなにもバレーの大会でミスしてしまったことは大罪なのだろうか。それとは別に、バレー部の子たちを突き放したのは罪かもしれないけど……ああでもしなければ、私の身が持たなかっただろう。仕方がなかったと思いたい。

　それに、その程度で大罪というのなら、殺人や脅迫といった犯罪をしてしまった人は一体何になるというのだろう？　大大大大大罪人くらいになっていないと、私はやりきれない。……いや、大罪じゃないからこそ、こんなにも陰湿な症状になっているんだろうか。私が知らないだけで、大大大大大罪人くらいになると、人に触れるたびに信じられないほどの電流を浴びてたりするのだろうか。それはそれで耐えられなそうだ……。

「はい、じゃあここの問題を……そうだな。今日は十五日だから、十五番の野上が答えてくれ」

先生の声に、思わず身震いする。当てられなくて良かったと安堵しながらも、自分の考えたいことに改めて焦点を当てる。

考えなくてはいけないのは、私にまつわる問題だけだ。

そうだ、私よりもっと大罪を犯している人のことはどうでもいい。

そういえば、触れてもなんてことはない人も時々いる。その人たちは、どうしてなんともないのだろう。これが物語であれば互いの仲がとか信頼がとかそういったきれいごとで判別されているのだろうが、絶対にそんなことはないと断言できる。だって、関わったこともないナナ先輩とぶつかった時にも痛みはなかったのだ。

やっぱり、私の症状は『求愛性少女症候群』と言われているものなんだろうか？

あれから知らない人だけではなく、相互フォローしている人からもその症状の一環なのではないかと指摘された。調べてみると、私の症状にも当てはまるようなことがいくつか書かれていた。けれど、よくよく考えてみると全員に当てはまることでもあるように思えるから、よく分からない。

そして、その原因は裏アカウントをやっていることだと書いていているページを見つけた。

確かに、発症時期と裏アカを始めた時期は被(かぶ)っている。それならば解決方法は単純で、アカウントを消去するのみなんだろう。痛むことがなくなるのであればと、一度はアカウント消去の画面を開いた。

けれど、そこで不満や苦労を誰かと共有するために呟(つぶや)くことを『呼吸』であると認識している私に、消すことは出来なかった。

そもそも、求愛性少女症候群とは一体何なのだろう？

他にも発症者に共通していることはないかと調べてはみるものの、茶化(ちゃか)して面白がっている人や、そういった症状を発症してしまう若者たちに対する説教をする人の呟きしか見つけることが出来なかった。

たまに写真の載った被害報告はあるけれど、それのコメント欄にはいつも『加工乙』といった発言が見られて、素人の私にはなにが正しいのか分からなかった。

何より今までずっと本物であると信じていたテレビの世界ですら加工や編集が多用されていると知り、正確な情報を得ることの難しさを知った。

カラン。

「あ」

考え事で、気が抜けていたらしい。手のひらから、シャーペンが転がり落ちていく。それを作品の音読中にたまたま通りかかった先生が拾い上げて、こちらの目の前に持ってくる。

「ルルのものか？」

「あ、ありがとうございます」

先生に拾ってもらった罪悪感と、これから手を触れ合わせて受け取らなければならないという事実に内心で冷や汗をかく。てっきり結構な確率で先生たちの前でも過剰に痛みを主張していたから、そういう存在だと噂（うわさ）されていてもおかしくないと思っていたのに。この先生は知らないのだろうか。知っていてくれたら良かったのに。数学の西村（にしむら）みたいに露骨に腫れ物扱いされたらムカつくけど、何処（どこ）かが痛み出すよりずっといい。何より、自分だけが痛いし。

おそるおそる、どうか何も起こりませんようにと祈りながら手を出す。それに疑問を感じたのか、それともじれったいと思ったのか。先生は、シャーペンを私の机の上に置いた。

「今度からはきちんと握って落とさないように」

「は、はい……！」

この先生は、きっといい先生だ！　これからちゃんと、授業聞こう！

ルル
高校二年生
なにをやっても平均
的な成績でそのこと
にコンプレックスを
感じている。

解説票

（ベノム　求愛性少女症候群）

名前	ルル
原曲	ベノム

001

求愛性少女症候群の症状と原因	周囲の友人との些細なすれ違いのせいで学校での居心地が悪くなり、他人に触れられると気分が悪くなる。
かいりきベアからのコメント	人は皆、孤独に生まれ、孤独に死んでいく、この世こそがVENOMそのもの。
名前の由来	歌詞の「流るルル」「欲しがルル」の部分から引用。 また、SickSickの部分から風邪薬の名前のイメージも……。

し-08-03

◆帰宅不可少女の誕生前

「どうしてあなたは、いつもいつもそうなの……！」

　私が今よりも小さくて妹がいなかった頃には、もう少し両親も私に優しかったはずなのになぁ。

　いつから、こんなにも私にだけ厳しくなってしまったんだろう？　全然分からない。

「まったく……妹のエレナであれば、こんなことはないのに。いいところは全部あの子に持って行かれたのよね？　きっとそうよ、そうに違いないわ」

　母のヒステリックな悲鳴を聞きながら、そんなことを考えます。

　だけど人の記憶は曖昧だから、両親が優しかった過去はなくって『そうであって欲しい』という私の願いでしかないのかもしれません。

　きっと私みたいな失敗作が優しい両親であってほしいと思うのは、不相応なのでしょう。

　しかし私には代わりに、私だけの英雄がいます。

　彼女——メイは私を庇うように前に立ち、母と向き合いました。

「申し訳ありません、奥様。お嬢様には、強く言い聞かせておきますので」

　きれいなお辞儀だと、いつも思います。メイドとして働き始めてからまだほんの少ししか経っていないにもかかわらず、長い間この家に仕えている人間よりもずっと美しく頭を下げるのです。流石は、いつも私を守ってくれる英雄なだけあります！

それが私以外に向けられていることがとても悔しいけれど、私のために下げられていることでの嬉しさのほうが少し勝るので何も言えません。心から私のために頭を下げてくれる人は、家族にもいませんからね。

「もちろんそうしてちょうだい。あなたの言うことだったら、この子も聞くでしょうし」

「……恐縮でございます」

さらに深く、頭を下げるメイ。その様子を見届けてから私に恨みのこもった目線を向けた後、母は部屋に戻っていきました。

母の足音が遠ざかってから私が『もう頭を上げてください』と言うのに、それでもメイは頭を下げ続けています。こういうのを、生真面目というのでしょう。尊敬はするけれど、今の私にとってはちっとも嬉しくありません。そんなにも母は恐ろしい存在なのでしょうか？　父ならばともかく、母自体にはなんの力もないというのに。

やがて彼女は頭を上げると、私を連れて部屋に向かって歩き出しました。

彼女のまっすぐに伸ばされた背中を見ながら、いつもの廊下を歩きます。

部屋についた途端、私は椅子に座らされました。メイにもまた、強く説教をされるのです。けれど、彼女からのそれは嫌ではありません。彼女は家のことではなく、私のことをきちんと考えてくれているのがよく分かるからです。

「お嬢様」

「部屋にいる時は『エリム』って呼んでと言ったじゃないですか」

私の言葉に一瞬驚いて見せたけれど、すぐにさっきよりも厳しい顔になってしまいました。冗談半分でからかっただけなのに。

「お嬢様は、ご自身がなされたことの重大さをご理解していらっしゃいますか？」

「私が手を抜いたわけでないことは、一番近くにいたメイなら分かっているのではありませんか？」

「……成績の話ではなく、お母様に対する態度が問題なのです。あれでは普段はお優しい奥様も、ご立腹になられるのも当然ではないですか」

「普段から優しいいって、本当に思っているのですか？」

「お嬢様」

彼女の視線が、まっすぐとこちらに向けられます。こちらへの怒りを含んだ、鋭い視線です。それに怯(おび)えるのではなく喜んでしまう私は、やっぱり失敗作なのでしょう。

「どうしてそんなにも、ご自身に敵を作ろうとするのです」

「メイ以外のことが、どうでもいいからですよ」

「またいつものご冗談を」

「本気ですよ。メイなら私が冗談を言っていないことくらいわかるでしょう?」

「……本当にそう思っているのでしたら、せめて私の言うことくらいは素直に聞いてください」

「きちんと聞くって言ったら、私とキスしてくれますか?」

「え?」

「キス、してください」

私は、自らの唇を指さしました。

まっすぐとこちらを見ていたメイが、ゆっくりと右下に目線を逸らしていきます。空調が効いているはずなのに、彼女の顔は赤くなります。まるでりんごみたいで、本当にかわいい!

その様子を見て、私はもっと笑顔になります。さっきは私を母の一方的な怒りから守っていた英雄が、今は私の手の中で転がるようにしているのです。楽しいに決まっています。

「ね、どうなのです?」

彼女の顔が、どうするべきか悩んでいます。口では必要なことしか言わないけれど、彼女の場合は表情が豊かなのです。そして困っている時こそ、ころころと表情が回っています。困らせるのが楽しくなってしまうのも、仕方がありません。

やがて決心したように、私と目を合わせました。

「……こんなことをするのは、今回だけですよ」

「分かっています。今度からは、いつものようにただの愛ゆえのキスをしますね」

「そうじゃなくてですね……っ」

　このままだと本格的で長々とした説教が始まってしまいそうだと悟った私は、彼女に顔を近づけるのでした。

○

　数年が経ち、彼女はその功績を認められてメイド長となりました。

　家の中で最も扱いづらい私に言うことを聞かせられる唯一の人材として、辞めることのないように責任を課しているのでしょう。私としても彼女が離れていくだなんてことは考えたくもないので、その決定には大いに感謝しています。物心ついてから初めての、両親に対する感謝かもしれません。

　私はというと、一般的な人間とは比べものにならないほど優秀であり続けてきました。けれど、妹と比べると失敗作であり続けていました。

　両親からは週のうちに何度も失敗作として怒りをぶつけられますし、その度に妹からは純真無垢な哀れみの目を向けられます。

これから先も、ずっとそうなのでしょう。

けれども、それもうどうでもいいことです。

私は、とある決意を胸にしました。

それはとても一人では出来ないこと。二人で成し遂げることを前提とした、大きな計画です。

「すごく大事なお話があります」

そう言って呼び寄せたメイは、いつもと変わらず凛としていました。

「いかがされましたか？　エリムお嬢様」

彼女はここ数年で、佇まいがより一層洗練されたような気がします。それはメイド長になったからというよりも、その佇まいだからこそメイド長になったのだと思わせられるほどです。彼女はなるべくして、長となったのでしょう。私としても、誇らしいことこの上ありません。

そんな彼女は、これから私の言うことに一体どんな反応をするのでしょう。喜んでくれるでしょうか、それとも、呆れられてしまうでしょうか。最悪の場合には、軽蔑されてしまうかもしれません。

それでも喜んでくれることを期待しながら、口を開きます。

「私が中学を卒業したら、一緒にこの家を出ましょう」

彼女の顔に、困惑の色が浮かびます。喜びも軽蔑もなく、ただただどうして私がそんなことを言うのかが分からないと言いたげな表情です。

ですから、私は頭の中で何度も復唱した説明を口にします。

「私は、この家の人間にとっては失敗作でしかありません。ここに居続けることは私にとっての負担になりますし、家にとっての迷惑にもなります。ですので、卒業を機に出ていくことにしました」

一呼吸。

そして、出来るだけ不安を感じさせないように微笑みます。

「大丈夫、お金なら、ある程度は貯蓄しています。この家の目の届かない地域も、必死になって探しました」

説明をしても、彼女の顔には困惑が浮かんでいます。

「ですから、安心してください」

メイを安心させるためというよりも、懇願するためにそう付け加えました。このままだと、彼女はついてきてはくれないと思ったからです。それではこの計画は成し遂げられませんし、私がこの計画を立てた意味もなくなります。

「……せっかく、ご希望の高校に無事に合格したではありませんか。家を出ていくのは、高校を卒業してからでも遅くはないと思いますよ？」

彼女は極めて冷静を装いながら、そう口にしました。それが紛うことなき本心なのでしょう。軽蔑されないだけ良かったと、頭の片隅で安心しました。

「今でなくてはならない理由は、たしかにありません。けれど、もうこれ以上は耐えられない理由ならいくつも浮かびます。妹と比べられるのは、もううんざりなのです。それは、メイも知ってのことでしょう？」

私の問いかけに、彼女は控えめに頷いてくれました。けれど顔は下を向いており、どうすれば私を引き留められるのかを考えているように見えます。こんなことを私が考えるだなんて、思ってもみなかったのかもしれません。

けれど前から言葉を考えていた私は、さらに続けます。

「メイを連れて行く理由も、具体的にはありません。私にはこの家のメイド長以上の地位をすぐに用意することは叶いませんから、何一つあなたに利点はないでしょう」

それを承知で、お願いするのです。

「けれど、あなたを恋い慕う人間として、あなたが必要でならないのです。ただそれだけの理由で、私はあなたと一緒にこの家を出て行きたいのです」

「……身に余る光栄です」

「そうでしょう？」

私は、努めて笑みを浮かべます。

「もちろん、強制は出来ません」

すれば彼女はついてきてくれるのでしょうが、そうするのははばかられました。

「この計画はメイがいてこそ成り立つものなので、メイが行かないと言えば私も出ては行きません。今すぐこの私の発言を問題視し、両親に報告をするほうが賢明な選択でしょう」

誰もこんな話を、賢明な選択をするだろう人間にはしないでしょう。

「メイ」

信じているからこそ、この話をするのです。

「あなたならば私の手を取ってくれるって信じていますよ」

私は、メイに手を差し出しました。

「……お嬢様は、お強いですね」

彼女は感嘆しているようにも、呆れているようにも聞こえる調子でそう言いました。

思ってもみなかった言葉に、今度は私のほうが困惑します。

真に強い人間は、現状から逃げずに立ち向かう者だと思っていたからです。立ち向かわず逃げ出そうとしている私を強いと言うメイは、本当に強い人なのでしょう。

やはり彼女は、ずっと私の英雄です。

「そう言ってくれるメイが、一番強いですよ。だから、ちょっとだけあなたの強さに期待してお誘いしてもいます」

言わないつもりだったことを言ってしまうほどに、私は必死です。どうしても成功させたいと思っているからです。

そんな必死な様子が面白かったのかなんなのか、彼女がようやっと笑いました。

「お嬢様に頼りにされるのは、骨が折れますね」

「あら、言ってくれますね？」

「言いますよ。だってこの家から出れば、エリムはお嬢様じゃなくなるんですから」

「そう言えばそうなるのですか。それなら、姉妹として暮らしていきましょう？」

「似てはいませんけど、そういうことにしましょうか」

にこりと穏やかな笑みを浮かべながら、メイが私の手を取り……。

「くだらない話はそこまでだ」

部屋の扉が大仰な音を立てて開かれました。

突然の出来事に、二人して扉のほうを振り向きます。

そこには、お父様が立っていました。その姿を見て、私の背筋は凍ります。部屋はすべて防音になっているはずなのに、どうして今この瞬間に現れるのでしょう？

「どうして、ここに」

「お前の最近の行動がおかしいという報告を受けて、盗聴器を設置していたんだ。本当に変なことを計画しているとは、思いもしなかったがね……」

盗聴器！

信じられない単語に、その場に崩れ落ちてしまいます。

「君たちのみだらな関係については目をつむっていたが、家を出るとなると話は別だ。というよりも、そんなことが許されると思っているのか？　思っていたから、計画を立てたのだろうな。だからお前は失敗作なんだ」

心の底からの軽蔑を含んだ言葉が、長々と続きます。

「メイド長、君も君だ。どうしてそこで同意する？　所詮この子は世間を知らない。学のないこの子を抱えて逃げ出してもすぐに生活に行き詰まると、分からないほど愚かではないだろう？」

「私は、お嬢様に仕えるメイドです。お嬢様のためでしたら、なんでも致します」

その言葉に感動するのも束の間、お父様の怒声が辺りに響き渡ります。更には手を振りかぶったのも見えて、私は必死に立ち上がってメイの前に立ち塞がりました。次いで、頭が揺さぶられる感覚に倒れこみます。そして私の意識は、徐々にフェードアウトしていくのでした。

○

目を覚ますと、見知らぬメイドがベッドの傍に立っていました。

「メイは？」

いつもなら傍にいるはずのメイが、どこにもいないことに疑問を抱き問いかけました。

「メイ様は、二度とエリム様の前に現れないことを条件に全てを不問にされました」

「……現れない？」

私のせいで、メイが。

「はい。ですので、本日付で私がお嬢様つきのメイドになりました。これからよろしくお願い致します。……お嬢様？」

目の前が、真っ暗になりました。

こうして、希望の失われた私の高校生活は幕を開けたのでした。

○

「このクラスは、特に時間にルーズです。もう少し一人一人が時計を気にするなどの細かいことに気を遣っていかなければならないとは思いませんか？」

長々とした担任の説教を聞きながら、目線は外のほうに向けて物思いにふけります。

——中学を卒業して高校生となってから数ヶ月が経ち、『起きてしまったことはもう元に戻らない、こうなることは定めだったのだ』と表面上は割り切ることが出来ました。メイがいなくなってしまった以上、そうするしかないと思ったからです。

はたからは、全てをなかったことにして生き続けているように見えていることでしょう。けれど未だに傷は癒えておらず、ぐずぐずとくすぶっています。

あの時、私が変なことを考えなければ良かったのにと、思わない日はありません。けれど、何度やり直しても私はメイと家を出ることを選ぶだろうと思うのです。だって、家にいるのはとても息苦しくてつらいです。

私にとっての英雄であったメイがいなくなった今は、以前よりずっと苦しくて仕方ありません。メイのような勇敢な人間は、もう現れないのでしょう。

それでいいとも思います。メイとのことは、私の中でかけがえのない思い出として残っていますから。

しかし、家にいて息苦しいのは変わりません。高校を卒業するまでの間は家から出ないという約束を父親と結んでしまったこともあり、日に日に苦しくなっていく一方です。

そんな私がたどり着いたのは、ＳＮＳの裏アカウントという文化でした。匿名で現状の不満を吐き出すという行為は、私にとってなによりの救いのように思えました。誰にも話せなかった悩みを、自分であると知られないままに誰かと共有することが出来るのです。

自分の不満に対して共感が得られた日には、感動すら覚えました。私だけが陥っていると思っていた苦境に、知らない誰かも陥っているのです。一人だけではないという安心感に、毎日のつらさが少しは和らいでいくような錯覚すら感じました。

そんな錯覚をいつまでも感じていたいと思い、家にいる時間のほとんどを裏アカウントの閲覧に充てるほどになってしまいました。もちろん課題や勉強などは終わらせた上でのことなので、両親にはいつも以上のお叱りを受けることもありません。お叱り自体にも、それに対してしおらしい態度を取ることにも慣れてきたので、適度に頑張り無理をしないことも出来る様になったのです。

「それでは、また明日から頑張って行きましょう」

長い担任の説教を聞き流し、学校が終わりました。

「またね！」

「はい、また明日」

部活に行く友人たちに別れを告げ、帰路に就きます。

今日はいつもより早く終わってしまい、このまま帰るといつもよりも長い時間を家で過ごすことになってしまいます。それは避けたいと思い、帰路の途中にある図書館に立ち寄りました。隅の席を確保し、形として勉強をしている体を取るために参考書を開きました。

その上にスマートフォンを出し、いつものように裏アカウントのタイムラインを眺めます。

『求愛性少女症候群って知ってる？』

とある呟きの病名らしき漢字の羅列に、一瞬だけ目を取られます。なんだろうと詳細を調べてみると、注目度がやたらと高い噂のようでした。おおよそ、大勢の気を引きたい誰かが広めたデタラメなのでしょう。裏アカウント上ではよくあることなので無視を決め込みます。代わりに、同じような境遇下で愚痴を吐き出しているアカウントに同意のリプライを送ります。相手からも即座にリプライが来たので、いくらかやり取りを交わしました。

それらを楽しんでいると、いつの間にか閉館時間になっていました。さすがにこれ以上いるわけにはいかないと思い、荷物をまとめて再び帰路に就きます。

やがて、家の扉の前まで帰ってきました。これを開ければ、居心地の悪い場所に居続けなければなりません。

あぁ、帰りたくないのになぁ。

深くて長い、ため息が出てしまいます。

エリム
高校二年生
良家のお嬢様で品行
方正。出来の良い妹と
比較され、厳しい教育
をされる。

解　説　票

（ベノム　求愛性少女症候群）

名　　前	エリム
原　　曲	失敗作少女

002

求愛性少女症候群の症状と原因	妹と比べられて両親から冷たくされ家に居場所がないため、帰りたくない気持ちが強くなると、玄関が室内につながらなくなり、ドアを開けても外へループしてしまう。
かいりきベアからのコメント	愛される子に生まれたかった悲しき少女の末路。
名前の由来	エリムは「教育」という意味もあるので、お嬢様としての「教育」を施されてきたという意味を持たせる。

し-08-03

ベノム

「水着、ですか？」

「そう。これから夏に向けてね」

水着を着る雑誌の企画に、読者モデルとして出てみないか。そんな提案に、アタシは一瞬だけ表情をゆがめた。水着から連想する形で、露出することが頭をよぎったせいだ。慌てて取り繕った笑顔を浮かべるも、やはり見られていたらしい。笑い声と一緒に、心配しないでという言葉をかけられる。

「大丈夫、大丈夫。怪しいやつじゃなくて、水着メーカーさんからの正式な依頼だから。ほら。このロゴとか、見たことあるでしょ？」

内容について疑っていたというよりも、そんな仕事がアタシに回ってくるのかと思っていただけなんだけど……まぁ、そういう風に解釈してくれるなら好都合だ。このまま話を合わせちゃおう。

「なーんだ！　それなら良かったです！」

そのまま、渡された書類を手に取る。それには、たしかに見たことのあるロゴが描かれていた。あー、これ去年選ばなかったほうの水着ブランドだ。デザインがあんまり好きじゃなかったけど、ロゴだけは可愛かったから覚えてる。

「確かにこのロゴ、見たことあります。なんなら去年家族で海に行く時に着てた水着が、そのブランドのものだったかもしれません！」

あまり乗り気ではないはずなのに、口からはいつもと同じような調子の良い言葉が出てくる。

我ながら恐ろしい。

「そう？　なら頼もしいね！　ナナちゃんってスタイルがいいから、きっと水着で撮っても見栄えが良いよ」

「そうですかね？」

「同年代の中では、体のラインがかなり整っているほうじゃないかな。自信持って！」

「は、はい！」

条件反射で、素直に頷いた。褒められるのは、素直に嬉しい。お世辞かもしれなくても、ちょっと照れる。

「とはいえ、露出っていうのはやっぱり年齢的にも不安でしょ？　それに親御さんの教育方針にもよるところがあると思う。一週間後に答えをくれればいいから、一度考えてみてはくれないかな？」

「分かりました。よく考えてみます」

「うん。それじゃまた来週。無理しない程度に、挑戦してみてくれると嬉しいかな」

「はい！」

書類をリュックの中に入れて、事務所を後にした。

事務所からしばらく歩いたところで、肩から力が抜けてため息が出た。

これは、本当にアタシのスタイルを見込まれてのことなんだろうか。それとも、普通の被写体としては評判が良くないからこその転向なんだろうか。そこが分からないから、ずっとモヤモヤしている。

最近のアタシの読者モデルとしての活動は、明らかに低迷気味だ。最初は大々的に取り上げてもらえていたけど、今はそうでもない。なんなら先月号に載った写真は、過去最小を記録したくらいだ。否が応でも、需要のなさを思い知らされている。

そこに来たのが、水着を着てのモデル依頼だ。嫌な想像だってしてしまう。けれど、ここで受けなければ後がないかもしれないというのも薄々感じている。

他の家ではどうなのか知らないが、アタシの母親は面白そうだとかなんだとか言ってあっさりとオッケーを出すだろう。

というか、話してみたらソッコーでオッケーだった。友達と一緒に習字を習いたいと言った時と同じレベルの早さでオッケーされた。お母さんにとっては、どちらも大差ないことなのかもしれない。

「何でも経験するのはいいことだよ。ナナちゃんさえよければ、やってみればいいんじゃない？　もちろん、無理強いはしないけどね」

いつも言っている言葉を、その日も投げかけてきた。

こうなると、問題はアタシの心情だけだ。

アタシとしては、本当はやりたくない。いくらスタイルがよいと褒められても、大勢の人の前で肌を露出するのは恥ずかしい。紙としてそのものが残り続けるというのも気が気じゃない。

けれど、このまま読モとしての活動を失うのはもっと嫌だ。今はまだめちゃくちゃ大勢いる読モの一人かもしれないけど、いずれはランウェイを歩けるような立派なモデルになりたい。そのためにも、この世界との繋がりをなくすわけにはいかない。

「この企画、私にやらせてください！」

どうせやるんだったら、思いっきりやってやる！

そんな思いで撮影に臨み、渡された水着を着て渾身のポーズを決めた。

○

撮影を終えてからそれが載った本誌が出るのは、思っていたよりも早かった。

学校からの帰り道で雑誌を買い、急いで帰宅して本を机の上に置く。ドキドキしてページをめくるのを少しだけためらったけれど、覚悟を決めて特集ページを開く。

「わ……！」

そこには他の読モの子たちと一緒ではあるけれど、見開きで写っているアタシの姿があった。間違いなく、過去最大の大きさだ。あんまりにも嬉しくて、思わず顔がにやにやしてしまう。っていうかアタシ、この中でも一番スタイルよくない？　そのおかげか、アタシが写っている割合が大きい。ヤバイ。嬉しすぎる。

これなら少しは話題になっているんじゃないかと、SNSでエゴサをしてみる。すると、いつもよりも多いアタシに対する反応が見られた。中には批判的な意見もあったけれど、それよりも好意的な意見のほうが多くて嬉しい。特に嬉しかったものを、いくつかスクショしていく。

「水着、ヤッバ……!!」

最初は嫌がっていたけれど、やってみればそこまで恥ずかしいものでもなかった。その上、これまでにない反応を得られる。

これはもう、この夏は水着着用モデルとしての活動に専念するしかない！

もっといっぱい、色んな人にアタシを見てもらいたい！

「え？　もう水着の企画はないよ」

そう思って雑誌の担当者へ水着のモデルはもう募集していないのかを聞いたら、そんなことを言われてしまった。

「え？」

すっかりやる気になっていたアタシは、思わず目をパチパチさせる。

「いやー、実はあれ普段とは違って変則的な企画だったんだよね。だから、もうしばらくはないんだよ。反応良かったから、来年もやろうって話はあるけどね」

「そ、そうなんですか」

思ってもいなかった状況に、自然と声のトーンが落ちていくのが分かる。いつもならすぐに取り繕えるはずなのに、その日は取り繕うことも忘れていた。

「そんなにナナちゃんが意欲的なら、来年もお願いするかもね！」

「あ、はい！　そうだと嬉しいです！」

「うんうん。それでね、次の出てほしい企画なんだけどね……」

そう言って別の企画についての話を振られるも、アタシの頭にはうまく入ってこなかった。

もうあれだけの反応は得られないかもしれない。そんな考えが頭を埋め尽くし、それが現実になったらと思うと怖くてたまらなかった。

一度大きなものを手にしてしまった以上、もはや小さなものでは満足できない。もっともっとと、より大きなものを求めるようになる。

諦めきれずにより大きな反応をもらいたいと思ったアタシは、なにか別に同じくらいの反応を得られる手段がないかと調べ始めた。水着や肌の露出にまつわるものを多く調べていたから、その時の検索履歴は男子高校生のものかってくらいに過激なワードが並んでいただろう。スマートフォン自体にパスワードがかかっているから誰にも見られないだろうと思いながらも、不安になって毎日検索履歴を削除していたくらいだ。

そしてアタシは、ＳＮＳの裏アカ界隈というものに行き着いた。そこでは日常的に男女問わない人間の露出した写真が多く載せられており、その過激さを喜ぶ多くの人の反応があった。露出して反応を得たいというアタシの欲求が普遍的であったことには拍子抜けしたけれど、こんなにも反応が得られるかもしれないのだと知って嬉しい気持ちもあった。アタシのスタイルなら、もっともっと反応を得られるだろう。それに、なんたってＪＫだし。

『はじめまして！　裏アカについては分からないことばかりですが、よろしくお願いします♪』

アカウントを作り、軽いジャブ程度の気持ちでスカートからオキニの下着がチラ見えしているような写真を載せた。本当は制服のスカートがいいんだろうけど、特定されるような要素を減らすために私服のスカートにしておいた。それでも載せた瞬間から結構な反応がつき、そのどれもが好意的なものだった。

まさに歓迎されているといった様子である反応の数々を見て、アタシの居場所はここなのだと思った。

〇

裏アカを始めてから、数ヶ月が経った。自撮りをアップする頻度はそんなに高いほうではないが、フォロワー数や反応は増え続けている。空き時間には、それを眺めて満足するのがルーティーンになった。画像をアップしてからすぐの、一秒単位でフォロワー数が増えていく光景はいつ見ても飽きない。

けれど、裏アカは趣味だと割り切って活動をしている。だからこそ、高校での成績は定期テストで毎回上位に入れる程度には良くあり続けた。たまに話が長ったらしくて面倒くさい授業や体育なんかをサボることはあるけれど、素行の不良をテストに反映させてしまうようなことはしなかった。成績さえよければ、お母さんも先生たちも何も言ってこない。

そんな高校生活で、日直を任されたある日のこと。

面倒だしサボれることならサボりたかったけど、以前サボっていた同級生が担任からネチネチとしたお叱りを受けていたのを見ていたからサボれなかった。この場合は、お叱りを受けるほうが面倒なことになるのは間違いない。仕方なく、日誌や黒板消しなどをこなしていた。

そして放課後。日誌を書きあげて、担任に届けた。後は、ゴミ捨てを終わらせれば帰れる。リュックを背負いながら、ゴミ捨て場に向かった。

ゴミ捨て場は、学校の裏側の外にある。近道するために窓から外に出ると、白いブロックで出来た道があるので、上履きのまま向かう。他と同じように無雑作にゴミを捨て、元来た道を戻った。

このまま帰ったら何しよう。そろそろ新しい自撮りの構図考えないとかなぁ。ずっと似たような構図をローテしてると飽きられる。かといって適当な構図にすると、すぐ別の人のパクリだと騒がれる。ほとんどの人間は見ているだけなのに、勝手なものだ。

始めた時は居場所だと思っていたけれど、最近はSNSの中にも新しいしがらみが出来たみたいで面倒でしかたない。かといってやめようだなんて考えはこれっぽっちも浮かんでこない辺り、相当毒されているんだろうなぁ。

ぼんやりとそんなことを考えながら窓を開けようとしたら、不思議なことに開かなかった。それどころか、びくともしない。

「えっ……」

よく見てみると、内側から鍵がかかっていた。

「嘘でしょ？」

窓を一旦閉めた拍子に、鍵までかかってしまったのだろうか。

「やばい。やばいってこれ」

授業以外では使われない通路なので、誰も通る気配はない。完全に頭が混乱し、誰かが気付いてくれやしないだろうかと窓をガチャガチャと揺さぶる。

「え、誰か助けて……」

けれどやっぱり窓の向こうには、誰一人来る気配はない。不安で頭がいっぱいになり、思わず涙目になる。

「誰か！」

「落ち着いて」

「ひっ」

もう一生戻れないのかもしれないと思い始めていたところで、背後から声をかけられた。思わず肩が震える。おそるおそる振り返ると、背の高い男の人が立っていた。学年を示す飾りの色からして、きっと先輩だろう。っていうか一体どこから現れたんだろう？

「そんなに怯えなくても……っていうのは無理か。訳も分からず締め出されたって思っただろうしね」

先輩は苦笑しながらも、窓を触って鍵を開けようとしていた。

「たまたま俺が近くにいて良かったよ。ガチャガチャって音がしたからもしやと思ったんだけど、来て正解だった」

その手つきは慣れており、確かに先輩なのだろうと思われた。

「その様子からして一年だろうし、まだここの細かい仕組みとか分かるわけないよね。慣れるまで頑張って」

頑張ってって……それだけ長い間ここの鍵が不安定ってことじゃん。綺麗な校舎だと思ってこの学校へ通うことにしたのに、とんでもない欠陥だ。しっかりしなよ、学校設備。

「ほら、開いたよ」

「うあ……えっと、ありがとうございます」

助けられたので、素直にお礼を言っておく。

「押しながら開くと開いたりするんだよ。それに最悪、こっちから玄関に入れるからね」

先輩が指差した方向には、いつも帰り際に見る木が立っていた。どうやら玄関の壁で見えないところに、このゴミ捨て場があるらしい。途端にパニックになってしまったのが恥ずかしくなり、顔が下を向く。

「どうしたの？　思ってたより長い間外に出てた？　気分悪い？」

「あ、いや」

恥ずかしさを体調不良だと勘違いされ、訂正しようと顔を上げる。すると、どうしてだか先輩の顔がすぐ近くにあった。思わず後退った。

「だ、大丈夫なので」

「そう？　それならいいんだけど」

目前にきた顔は、すごく綺麗だった。思わず見とれてしまったとは、到底言えなかった。

まるで自分のことのように嬉しそうに笑っている顔も、キラキラと輝いていて眩しい。

彼の優しさがそのまま表情となっているみたいだ、なんて思うのはポエミー過ぎて気持ち悪いだろうか。それでも、そう思ってしまった。

「あ、じゃあ、アタシは帰ります！」

窓から学校に入り、玄関へ小走りになる。

「今度から気をつけなよー！」

聞こえてきた声は、よく響く声だった。

この声に耳元で囁かれたら、すごく素敵な気分になれそう。

……って！　アタシは一体何を考えてるの!?

玄関にある靴箱の前で、自然と手が心臓を押さえていた。全力で走った後みたいに、強く脈打っている。嘘でしょと自分に問いかけるけれど、嘘ではないと鼓動が証明している。

多分これは恋なんだ。こんな形で落ちるものだろうかと思ったけれど、実際に落ちているのだ。どんな形であれ、落ちる時は落ちるんだろう。

しかし顔は真正面からよく見たけれど、名前を聞くことは出来なかった。短髪だったから、野球部か何かに入っているんだろうか。そう思って同じ学校の運動部らしき人間のＳＮＳを調べまくると、あの日の先輩のアカウントにたどり着いた。

「小崎ユウジ先輩って言うんだ……。いい名前」

見つけやすいことは不用心だと思ったが、こちらとしては好都合である。呟きの数こそ少なかったものの、友人達との会話から本人像が見えてきた。

バスケ部、多趣味、顔が広い。そして何より、優しい。その優しさは誰にでも分け与えられているようで、そのせいで前の彼女とは別れ今はフリーのようだった。

それをチャンスと思い交流を図ろうとするも、どうやって交流すれば良いのか分からずに悩んだ。

この前のお礼を伝えるのが一番無難なように思われたが、誰かに教えられたわけでもないのにアカウントを探し出したというのは怖がられるだろうと判断してやめた。

そうなると、関わる方法が思い浮かばなかった。先輩と後輩だから、生活する領域が違ってすれ違うことも少ない。すれ違っても、あんな小さな出来事だけの接点じゃ気付いてもらえない気がする。

どうしよう。分かんない。……この写真の先輩かっこいいなぁ。

彼のＳＮＳをチェックしながら何度も考え、そして閃いた。

目立ってみる……？　それこそ、露出とかして。

そんなので惹かれるような人ではないだろうし、そうだったら嫌だと思いながらも、それ以外の方法が思い浮かばなかった。行動は早く、思い立った次の日には制服のボタンを複数開けていた。徐々にスカートの丈を短くして、アクセサリーも小さいものを身につけるようになった。

「なんか最近のナナさん、雰囲気ガラって変わってない？」

「変わったよね⁉　いかにもギャル！って感じ」

「なんで急に、あんな風に変わったんだろう？」

「パパ活とかしてアクセとか買うお金貰ってるんじゃない？」

「してそう――！」

聞こえてるっつーの。

元から孤立していたせいもあって、すぐに陰口を叩かれるようになってしまった。けれど気になんてしない。気にするのは、先輩からの評判だけだ。あの優しい先輩なら、きっとアタシの本心にも気付いてくれるだろう。けれど中々すれ違うことも出来ず接点を持つことも出来ない。

もどかしくてたまらない！　どうしてもう一年早く生まれなかったんだろう！

『らぶりつ待ってます♡』

そのストレスを発散するために、裏アカウントに自撮りをアップして大きくなった承認欲求を満たす。もしも先輩にこんなの見られたらと思うと怖くて裏アカなんて消したくなるのに、自撮りの頻度は活発になる一方で、自分の行動の矛盾に呆れかけていた。

そんな時、自撮りをよく見てみると自分の目がハートになっていることに気付く。

「なにこれ？」

そんな加工してないはずなのに。バグかと思って外そうとしても、全然外れない。というか、何も手をつけていない状態なのにハートになっている。もしかして。

「えっ、え？」

鏡を見てみると、加工でもカラコンでもなく目の中にハートが浮かんでいた。

なにこれ？

急いで手元のスマホで調べてみると、似たような症状になっている子が何人かいた。その子たちは皆一様に『求愛性少女症候群』であると訴えている。症候群の名前は見かけたことがあったけれど、まさか自分の身に降りかかってくるだなんて思いもよらなかった。というか、こんなふうに発症するんだ。これじゃまるで……。

「え？　なに、あれ？」

「カラコン……？　なわけないよね？」

次の日。教室へ入った途端に、クラスメイトたちがざわめくのを感じる。

「なんか……誘ってるメイクみたい」

「あ、分かるかも。ついに枕営業でも始めたってことなのかな？」

「そ、そうかもしれないけど、本人の目の前で言うことじゃないって！」

誰かがそう言っているのが聞こえてきて、内心で同意する。一時期ＳＮＳ上で話題になった淫紋によく似ている。そのせいもあって、アタシがビッチだという噂（うわさ）が出回るようになってしまった。先輩との接点を持てないまま、アタシは大きく変わってしまった。大丈夫だと信じていたいけれど、ここまで接点が出来ないとなると避けられるようになってしまったのかもしれない。後戻りするのもなんだか怖くて、どんどん周囲からの評判は悪化する一方だ。裏アカウントへの依存率も、どんどん上がっていく。

あ、そういえば今日は投稿してなかった。

昼休みに自販機で買った苺（いちご）みるくをベンチに座って飲みながら、どの写真を投稿しようか悩む。うーん、どれもイマイチだから帰ってから撮り、

「ごめんなさい！」

直そうかな……？

って、え？　何ごと？

聞こえてきた一段と大きな謝る声に、スマホから顔を上げる。

すると令嬢らしい一年の子が、誰かとぶつかっていた。

ナナ
高校三年生
読者モデルもこなす、校
内の有名人で自意識
が高め。

解　説　票

（ベノム 求愛性少女症候群）

名前	ナナ	
原曲	ダーリンダンス	003

求愛性少女症候群の症状と原因	憧れの先輩との関係がうまくいかないなど、プライドが傷つくと、瞳にハートマークが浮かぶことがある。
かいりきベアからのコメント	叶わない推しへの気持ち、後戻りできない汚れた自分、「かわいい」に呪われた愛の奴隷、それでも彼女は夜を踊り続ける。
名前の由来	歌詞の「無無(NANA)」の部分から引用。 また、男たちを次々に虜にする娼婦の話を書いたNanaというフランスの小説からもイメージ。

L-08-03

ベノム

◆少女たちの結託

あぁ、良かった。ギリギリのところで間に合った……。

ほっとして、胸を撫で下ろす。

昼休みまでに提出しなきゃいけないプリントの存在なんて、すっかり忘れてしまっていた。相沢さんが写させてくれなければ、今頃は世界史の先生による一段と口うるさい説教を食らっていたところだろう。免れられて良かった。

今日に限っては、相沢さんが神のように思える。

小銭を持ってきていることだし、彼女の好きなココアでも買っていってあげよう。なんと、ちょうど昨日、機嫌の良いお父さんから臨時のお小遣いを貰っていたのだ！　もしかすると、このためのお小遣いだったのかもしれない。ついでに、私の分の苺みるくも買っちゃおう。そう思い、自販機へ急ぐ。

ところが急いでいたら、人とぶつかりそうになってしまった。プリントを提出し終わっての安心感で、完全に油断していたせいだろう。

しかもよく見れば、相手は令嬢だと度々話題になるエリムさんだ。どうしよう！

これから五限目の授業なのに、気分が悪くなったら困るんだけど！　それに周りの人が見ている中で、過剰に痛がるのはちょっと避けたい！　でも、避けられそうにない……！

衝突までの間に色々なことが頭をよぎって、パニックになる。

「ごめんなさい！」

思わず、一際大きな声で謝ってしまった。次の瞬間に、勢いよくぶつかる。

けれどいつものような不快感はなく、ただただ肩がぶつかった痛みのみが走る。それ自体も、そんなに強いものではない。

「……え？」

どうして、なんともないんだろう。

「……大丈夫ですか？」

不思議に思いあっけにとられていると、エリムさんが不安そうに首を傾げていた。それと同時に、周囲からの視線を浴びているのが分かる。昼休みの自販機前ということもあり、そこそこの人だかりだ。

その中にはなんと、ビッチとして有名なナナ先輩もいた。なんなんだろうという、好奇を含んだ視線にいたたまれなくなる。

「だ、大丈夫です！　気にしないでください！」

さっきのごめんなさいの声が不自然に大きかったせいだと気付いた私は、ココアも買わずにその場を後にした。後ろで走らないでくださいという風紀委員らしき声が聞こえたけれど、今はそれどころではない。

顔が熱い。穴があったら入りたい。もう……今後一週間は絶対に答えを写したりしませんから、こういうことしないでください神様。すごく恥ずかしいです！

結局ココアは、帰り際の玄関に置いてある自販機で買ってから相沢さんに渡した。

笑顔で受け取られたので、こちらとしても気が楽になる。

「ありがとう！　こうやって好きなもの貰えるんなら、答え写されるのも悪くないねぇ」

「いやいや、もう写さないから大丈夫だよ」

「ほんとに？　ルルちゃん、案外抜けてるところあるからなぁ」

「そ、それはそうかもしれないけど……」

言葉を濁してしまう。そうかもしれないけど、相沢さんみたいな明らかに抜けている人には言われたくなかった。そう口にするわけにもいかず、かといって何か言いたいことがあるわけでもない。沈黙を恐れ、スマートフォンで時計を見る。

そして、わざとらしく「あっ」と声を上げた。

「ごめん！　もう帰らなきゃ！」

今日は楽しみにしてたドラマの再放送があるの！とは言えない。

「あ、そうなの？　それじゃあまた明日ね！」

「うん！　また明日！」

そのまま帰路に就いた。しばらく小走りをして、もう彼女からは見えなくなっただろうというところで歩き始める。再放送があるのは事実だが、歩いて帰っても間に合うくらいの時間に始まるから問題はない。

それから程なくして、家にたどり着いた。

「ただいまー」

「おかえり」

誰もいないと思っていたけれど、お母さんの声が返ってくる。そういえば今日は、早めに帰って来れるって言ってたっけ。だとしてもどうということはないから、あんまり気にしてなかったけど。

「今日はどうだった?」

声をかけられたのでリビングを覗いてみると、お母さんは仕事着のままテレビの前に座っていた。そろそろご飯の準備を始めるところだろう。

「別に、普通だよ」

「そう。普通が一番よね」

お母さんのいつもと同じ言葉を背中で受け止めながら、部屋に向かう。リュックを下ろしてスマートフォンを手に取り、そのままリビングに戻った。キッチンに向かうお母さんと入れ替わる形で、私がテレビの前に座る。

今日は確か、先週の前編を受けての解決編だったっけ。先週の時点じゃ被害者の妹が怪しいんじゃないかと思ったけど、彼女が犯人だったら露骨過ぎて推理する必要なんてないだろう。つまり別の誰かなんだろうが、それが分からない。

事件の冒頭は、そうそう、原因不明の痛みが発生して……。

「あー……」

ドラマに集中したいのに、どうしても自分のことを考えてしまう。そういえば先週もこんな感じで、内容が頭に入ってこなかった。

原因不明の体調不良……普通の人が私に触れると起きることが、まさにそれだろう。痛み出すこともあれば、目眩(めまい)や吐き気をもよおすこともある。

私としてはそれが高い頻度で起こっているので、本当にたまったものではない。どれだけ嫌だと思っても、解決方法が思い浮かばないし見つからない。中学三年生の後半には起こるようになっていたから、もう半年くらいの付き合いだろう。人生で唯一付き合ったことのある彼氏よりも長続きしているのが、本当に嫌だ。

つい最近には、首元に赤からピンクに近い色の痣(あざ)が浮かぶようにもなっていた。今のところ、これが最も分かりやすい「求愛性少女症候群」の証(あかし)だといえるだろう。症候群について調べてみると、この痣の画像が多くヒットするようになったからだ。一部ではこの痣を含めて、都市伝説だと言われてはいる。けれど自分の身にも表れている以上、その症候群をただの都市伝説だと断言することは出来ない。

確かに存在する、奇妙な症状なのだ。

『本当に都市伝説だったら良かったのに』

堪(たま)らず、裏アカで不安を吐き出した。けれどこの手の話題は、いつもと違って反応が少なくなる。都市伝説という触れ込みである以上、話してもどうにもならないと皆が分かっているからだ。

それでも吐き出さずにはいられなかった。いくつかの反応は同じ思いを持っている人からのものだと解釈し、心を慰める。

みんなつらいよね、つらいけどがんばっていきていこうね……。

それはともかく、気がかりなことが一つある。

人と触れ合うことで起きる症状は、症候群同士だと症状が軽い、または起きないと言う噂(うわさ)があるのだ。ただの噂だといってしまえばそこまでだが、エリムさんとぶつかった時は本当になにも感じなかった。不安なまま五限目を過ごしていたが、トイレにも保健室にも行くことはなかった。

昼休みはとっさのことでそれを思い出せなかったが、もしかするとエリムさんも発症しているのかもしれない。令嬢でも発症するとなると、裏アカウントをやっているか、いないかというのはあんまり関係ないんだろうか？　それとも、彼女も裏アカウントをやっていたり……？　うーん、あんまり想像が出来ない。あ、でもお金持ちの女の人は露出するイメージあるし、そういう方面でやってたりするのかな？　でもやっぱり、エリムさんの姿からはそれもあんまり想像出来ない。

もしかすると、偶然起きなかっただけなんだろうか……？　そうだとしたら、都合が良すぎる。謎は深まるばかりだ。

「近頃の巷で話題になっている『求愛性少女症候群』を、皆さんはご存知でしょうか？」

ちょうどその時、テレビからそんな言葉が聞こえてきた。いつの間にか、ドラマが終わっていたらしい。ＣＭを跨いでから、症候群について解説するようだ。どうせ面白おかしくネタにされているんだろう。諦めにも似た思いで分かりきっているけれど、気になるのでそのままＣＭが明けるまで見続けた。わざわざテレビに出てまでその症状をアピールする人間がどのようなものなのかを見届けたかったのもある。

ＣＭが明けると、文字とナレーションでの解説が始まった。

「求愛性少女症候群とは、主に十代、二十代の女性が発症している不思議な現象です」

どこかのサイトからコピペでもしてきたのかと思うくらい、何度も見た記述である。

「その症状は、多種多様にわたっています。嘘がつけなくなるといった比較的に軽い症状から、手足が動かなくなるといった重い症状。それに、視力や聴力が上がるといった良いことなのでは?という症状まで出ているそうです。全員に共通しているのは、ピンクの痣が体のどこかに浮かび上がっていることだとか」

その症状の曖昧さゆえに、ニュースだというのに歯切れが悪い。

「今回は、その中間といった症状の方にお話を伺いました」

いかにも女性らしい格好をした人が、顔を隠して映される。

「私の症状は、とある条件を踏むと手が透けるというもので……」

声も加工されており、プライバシーには配慮されているようだ。

いまいち女性の話に興味が持てなかったので、SNSを開いて同じ番組を見ている人はいないかと調べてみる。真っ先に表示されたタイムラインには、ニュースについて触れている呟きがあった。

『また求愛性少女症候群のせいで裏アカがニュースに取り上げられてるよ。裏ってついてるんだから、そう易々と触れるべきじゃないって分かんないのかな？』

まったくだよ！

っていうかそれが分からないから、出演する人がいるんだろう。ものすごく憎たらしい。

「最近この、なんとかって病気についてよくやってるよなー」

気が付かない間に帰ってきてたらしい弟が、そんなことを言いながらテレビのチャンネルを変える。

「ちょっ、何で変えるの！」

咄嗟のことで驚きつつ、リモコンを奪い取ろうと立ち上がる。しかし手が届かない。弟の身長が、最近になって急激に伸びてきたせいだ。取れないと分かっていて余裕そうにニヤニヤするのが、余計にムカつく！

「興味ないから、別の番組に変えようとしてるんだよ」

「はぁ？」

「いいじゃん別に。まさかこんな都市伝説みたいなこと信じてるわけ？」

「そ、そんなんじゃないし……！」

今は勝手にチャンネルを変えられたことに怒っているが、それを素直に口に出すのは子どもっぽい気がして憚られた。

「じゃあ、なんなんだよ」

「なんだっていいじゃん！」

思わず言い合いがヒートアップしそうになったところで、険しい顔をしたお母さんが間に入ってきた。いつものパターンだ。

「はいはい、そこまで」

もう少し幼い頃はこうでもしないと取っ組み合いの喧嘩になっていたから、その名残だ。

「これ以上やるんなら、外に行ってやるんだね」

「やらないよ。俺もう疲れたし」

「わ、私もやらない。……ご飯出来たら呼んで」

不服ではあったけれど、お母さんに逆らうわけにもいかないのでそのまま部屋に戻る。

部屋のベッドに寝転がり、大きなため息をつく。

症状が出始めてから、こんな風に弟と対立することが増えた。お互いに繊細な時期だからこそなのだろうとも思うが、以前は仲が良かっただけにやっぱり症状のせいなんだろうと思っている。

早くなんとかしたい……！

全てが嫌になる前に、どうにかしないといけない。

ぶつかっても気分が悪くならなかったエリムさんは、初めて会った同級生の求愛性少女症候群らしき人だ。令嬢ということで難易度は高いけど、何とか話し合って新しい情報を得られないだろうか……。令嬢だからこその視点も得られるかもしれない。そんな淡い期待を抱きながら、どうやって話をすればいいのかを考えるのであった。

○

「それでさ、お母さんが言うわけなの！」

「はぁ」

「『大人のくだらないルールなんて蹴散らせ！』って！」

「大人が言うことじゃないだろ、それ」

「そうなんだよねぇ」

いつものグループで、お昼ご飯を食べる。

しかし今日は珍しく、相沢さんが楽しそうに話しているのを田中さんが聞いてくれていた。どうやらうっかりしていたらしく、この時間に読むための本を忘れてしまったらしい。そのため、私がスマートフォンを見て時間を潰していた。

あまり更新されてない表のアカウントを流し見てから、裏のアカウントに移る。そのタイムラインには、ある程度の人がいた。私たちのように休憩時間を使って呟いているらしい人もいれば、今起きたばかりという人もいるようだ。裏アカウントならではの混沌さである。はじめは戸惑ったけれど、もう慣れてしまった。

真っ先に目に入ったのは、豪華なご飯の画像だ。これは……今話題になってる、予約が取りづらいことで有名なお店のブランチかな？　お洒落な盛り付けが施されていて、めちゃくちゃに映えている。こういうのを見せられると、私もいつかはって行ってみたくなるなぁ。平日限定らしいから、行くとしたらサボらなきゃだけど。怒られたとしても、行ってみたい……。

羨ましさからいいねを押してスクロールした途端、今度は極限に切り詰めたらしいお昼ご飯の画像が目に入った。これは……色々と大丈夫なんだろうか？　この人、つい昨日から金欠とかでイラストの仕事を急遽募集していた気がする。何をしていて、こんなにも金欠になってしまったのだろうか。分からないけれど、心配になってしまう……。

けれど所詮は他人事なので、スクロールしてしまえば見えなくなる。見えなくなれば、それは私の世界には存在していないのと一緒だ。もしかしたら、バズを狙った限界生活ネタなのかもしれないし。というか、そうであってほしい。

それからまたスクロールが止まり、一つの画像が目に入った。肌色が多めで、そんなつもりはないのにドキリとする。

最近有名になった露出アカである〝りんだ🐻〟さんが、また露出した画像をアップしていたのだ。

『今日ちょっと暑いよね』

ちょっと暑いどころには見えない脱げ方じゃないかな、これ？

外っぽいのに、すごい露出具合だ。いつか捕まるんじゃないかと、この人も不安にさせてくる。しかし整ったプロポーションなので、ついついじっくりと見てしまう。露出はしたくないけど、体型はこんな風になりたいなとか思ったりする。地味に頑張ってたりするけど、どうしてもスラッとしないのだ。悔しい。

こういうことが出来るのは、それだけ自分の体に自信があるということなんだろう。

私は自信がないから、こんなことは出来ない……。

「何見てるの？」

「うわっ」

急に相沢さんから話しかけられ、驚いてスマートフォンを落としてしまった。幸い、下には布のリュックがあったので傷付いてはいないだろう。何回か落としたことがあるので今更ではあるのだが、画面に大きく傷がついたり、壊れたりするのは嫌だ。買い換えになったとしても、そんなお金は私にはない。即座に拾って確認すると、さっきと同じように動いてくれた。壊れてはいないようで安心する。

「あれ？　その写真って……」

安心したのも束の間、画面いっぱいに広がっているのは女性の露出画像であることを思い出す。とっさに隠すも、写真について触れられている時点で見られてしまっているということだろう。へ、変態だと思われてしまったかな……？

だとしたら、すごく困る。このグループからも追い出されてしまったら、もうどこにも受け入れてくれるところなんてないだろう。焦りから、乾いた笑いが出た。

「わ、え、違くて」

頭が混乱する。言い訳が出ていかない。

「この学校の屋上じゃない？」

けれど彼女は、まったく思いもよらないことを口にした。斜め上の言葉だったので、思わず首を傾げる。

「……屋上?」

「そう。よく見せてくれる?」

「うん……」

頭が回らないので、言われるままにスマートフォンを彼女と隣り合わせで見つめる。

確かによく見てみると、どこかの屋上のようだ。石造りのテーブルと椅子に、その間にある花壇と植えられたパンジー。そして古ぼけたフェンス。見覚えがあるといえば、あるかもしれない。けれどどこの程度なら、どこか別の屋上で見られてもおかしくない情景だろう。彼女はどこで判断したんだろうか?

「ほらここ、この街のシンボルである塔が見えるでしょ」

相沢さんの指が示した場所を、よく見てみる。すると、本当にあの塔があった。色も形も独特なので、見間違えることはないだろう。

「ほんとだ……!」

「この塔が見える学校ってなると限られてくるから、多分この学校の屋上なんじゃないかな?」

「そうかもしれない……」

「でしょー？」

しかし、それがすぐに分かったのはすごい。

「こんなに小さくて薄く写ってるのに、よく分かったね？」

「この塔好きだから、色んな角度から写真撮ったことがあるんだよ。多分、それでだと思うなぁ」

この独特な塔を色々な角度で撮るほど好きとは、また変わっている。

「そっか。これ、ここの屋上なんだぁ……」

しかし、彼女のおかげでよいことを知ることが出来た。

つまり、〝りんだ🐻〟さんはこの学校の関係者なのだ。いや、こんなにスタイルのいい先生はいなかったはずだから、同じ高校生だと思っていいだろう。

こんなにも近くに、普段裏アカウントで見ていた人がいただなんて。その事実だけで思わず鼓動が速くなっていくというのに、もしかしたら今、その人が屋上にいるかもしれないとまで分かったのだ。

思い立ったら、止まれない。今日を逃したら、もう二度とない好機だ。これを逃してしまうのは惜しい。

時計を見ると、昼休みが終わる五分前を指している。

「ルルちゃん、そろそろ戻ろうか」

「ううん、戻らない」

相沢（あいざわ）さんの言葉に、私は首を横に振った。

「え？」

不思議そうに首をかしげる相沢さんには、きっとこんなことをするだなんて発想はないんだろう。

「次の授業、サボるね」

目を見開く相沢さんと、どうでもよさそうに私ではないほうを見つめる田中（たなか）さん。この様子だと、田中さんはサボったことがあるんだろう。そんな気はしていた。

「なん、なんで……？」

「ちょっと、やらなきゃいけないことがあって」

「で、でも」

見開かれた相沢さんの目は、授業を放棄してまでやらなければならないことって何なの？と雄弁に問いかけてきた。その様子が、ちょっとだけ面白い。

「自分でサボるって言ってんだから、評点とか気にしてないんだろ。気にしないで行こうぜ」

田中さんの言葉に、ややあってから相沢さんは頷（うなず）いた。けれどやっぱり不安だったのだろう。相沢さんは、一度だけ振り返って心配そうにこちらを見た。その顔に無理矢理（むりやり）作った笑顔を返す。

「大丈夫だから！　また後でね」

「……気をつけてね」

そこまで言ってからようやく、相沢さんはいなくなった。なんだか、彼女に対して悪いことをしてしまったようであまりいい気分ではない。他人がサボることまで気にかけなくていいのに。

大体、次の授業はあの西村の数学なんだから、むしろ一緒にサボろうくらい言ってもおかしくないのになぁ。

いやいや、今はそんなくだらないことを考えてる場合じゃない。

「行かなきゃ」

私は広げていた荷物をまとめてから、さっき相沢さんたちが向かったほうとは逆に歩き始めた。あんまり行ったことがないから不安だけど、一番端にある階段を上っていけば良かったはずだから大丈夫だろう。

向かう先は、この学校の屋上だ。

そう。私は〝りんだ🐻〟さんに会いに行こうとしている。

会いたい理由は単純だ。裏アカの呟きに、時々だけど求愛性少女症候群をほのめかすような投稿をしているからだ。もしかしたら、彼女はそうなのかもしれない。

いるかどうかは分からない。

写真がアップされたのは今日だけれど、今日撮ったものとは限らない。それに今日撮っていたとしても、もうすでに授業に戻っている可能性のほうが高い。

しかし、どうしてだか私の直感は彼女はまだそこにいるはずだと確信していた。何より、裏アカウントをやっているくらいだからサボることには抵抗がないだろう。そう考えるのは、あまりにも偏見が過ぎるかな。

そんなことを考えているうちに、屋上にある扉の前に来ていた。立て付けが悪いせいか、少しだけ開いていた。すき間からは、人の姿は見えない。やっぱり、もういないのかもしれない。残念なことは残念だけれど、それならそれで好都合だ。思いっきりサボろう。残念さが半分、安心が半分といった心境の中、扉を開く。すると、横になっている人の姿が目に入った。

その背中は、なめらかな曲線を描いていた。その姿を一目見ただけで、この人は〝りんだ🐻〟さんなのだと思い知らされた。一瞬だけ声をかけるのをためらうが、ここまで来たのだからと思い切って口を開く。

「あのっ」

私の声に、その背中がピクリと動いた。

「あなたが、〝りんだ🐻〟さんですか……！」

気だるげなため息が吐き出される。その時間がやけに長くて、嫌なドキドキが止まらない。私の鼓動は、どんどん速くなっていく。手を握りしめる力も、徐々に強くなる。やっぱり来なきゃよかったかもしれない。でも、もう後戻りは出来ない。

「寝ようと思って、タイマーまでかけてたのに」

やがてゆっくりと、その人の顔がこちらを向いた。

「って、ナナ先輩!?」

その顔を見て、私は心底驚いた。それと同時に、納得もした。ナナ先輩は、校内でもトップクラスにスレンダーなスタイルをしている。知らない人はいないくらいだ。それを誇って露出していたとしても、なんの違和感はない。むしろビッチと呼ばれてるくらいなんだから、もう少し過激なことに手を染めていたとしてもおかしくないように思える。いや、知らないだけで、染めていたりするのかも。ヤバイ人たちとも交流があるのかもしれない。

「うるさい」

先輩は起き上がり、嫌そうな目でこちらを睨(にら)んでくる。かと思ったら、こちらを見てハッとしている。何かに気付いたっていう感じだけど、なんだろう。

「誰だか知らないけどさ……ただうるさいだけなら無視してたけど、そのアカウント名を出されたんならそうするわけにもいかないよねぇ」

「え？」

そう言うと、先輩はスマートフォンを触り始めた。あれ。思っていたよりも、すっきりしているデザインのケースを付けてるんだなぁ。お洒落で素敵で、何より似合っているのがすごい……。

私のぼんやりした感想とは対照的に、先輩は鬼気迫る勢いでスクロールとタップを繰り返している。すごく怒らせてしまったらしい。どうしよう。もしかしたら、先輩の人脈を使って野蛮な人たちを呼ぶつもりなのかもしれない。その人たちに暴力を振るわれてしまうんだ……。

「あった。アンタのアカウント」

「私の、アカウント？」

差し出されたスマートフォンの画面には、なんと私のアカウントが表示されていた！

しかも、あろうことか裏のほうだ！

「なんっ、なんでっ？　なに!?」

「あはははっ、すーごい動揺するじゃん」

動揺するに決まってるじゃない！　今まで接点がないと思っていた先輩からＳＮＳのアカウント、それも裏アカウントのほうを特定されているのだ。驚きよりも、怖さのほうが上回る。そんなにも分かりやすい個人情報を晒しているはずはないんだけどな……？

「なんでって、こんなの簡単だよ」

先輩は楽しそうに笑いながら、私のアカウント画面を開いたままスクロールする。ここ数日の間に呟いた言葉が、一瞬にして流れていく。その内の一つを、ナナ先輩の細い指が示した。

「この呟きからは、最寄り駅が分かる。そうすると、学校も絞られてくるでしょ？」

続いてスクロール。また別の呟きを示す。

「そしてこれ。お店を写したつもりなんだろうけど、微妙に頭のほうがガラスに反射して写ってる。ここで付けてるヘアピンと今付けてるやつ、まるっきり一緒でしょ？　だから、よく見たら分かった」

「よ、よくこの画像覚えてましたね……」

「たまたまだよ、たまたま」

最後にというように、私のフォロー欄にいる自分のアカウントを強く示した。

「ま、このアタシを知らずにフォローしてるっていうのが決定的なんだけどね。アタシって案外フォロワーの呟き見てるから、アンタのアカウント見てすぐにこの学校のヒトだろうなって分かったよ」

「た、確かにそうですね……」

結構な頻度でコメントもくれていたから、本当に呟きも見られているのだろう。思っているよりも、マメな人なのかもしれない。

「あと、求愛性少女症候群を患っているだろうこともね」

その言葉に、震えが走った。呟きを見ているってことだし、私が時々呟く症候群に対しての愚痴を見ていてもなにも不思議じゃない。けれどやっぱり見られていて、その症候群だと知られているのは、弱みを握られているようで身構えてしまう。

「アタシもそうだよ」

言いながら、目元に手を当てる先輩。その目には、ハッキリとしたハートマークが浮かびあがっている。

それ自体は噂で知っていたし、実際にも何度か見たことはあるから驚きはしない。

「……知ってます。皆言ってるんで」

「だよねー。高校生の情報共有スピードはマジで異常」

「いや、先輩も高校生じゃないですか」

「んー、同級生からハブられてるから達観してるのかも」

「達観って」

一人になると、そんな風になるんだろうか。私も一人になったら、達観してしまうんだろうか？　だとしたら、余計に一人になるのは怖いなぁ……。

「まぁ、そんなことはいいの。本題は、アタシと一緒にこの症候群を解決しない？ってこと」

「かい……けつ……？」

思ってもみなかった言葉に、思わず首をかしげる。先輩はそうと、短く頷いた。

「出来るんですか？」

「それは分からないけど、何もしないよりはいいでしょ？」

「それはそうかもしれないですけど……」

「だってこの症状、めちゃくちゃうっとうしいじゃん。なくなったらいいのになーって思わないの？」

「……思いますけど」

何度も思ってきたことだけれど、いざ人から提案されるとなると驚きを隠せない。変えたいと思っていても、いざ行動するとなると難しい。だからというわけでもないが、私は行動を起こせなかったのだ。

大体、まるで最初からこうなるのを分かっていたかのような提案だ。私としても都合がいいだけに、ちょっと怖い。

「だったらいいじゃん。アタシと一緒に協力……っていうのはなんかキモいな。うーん……あ、共犯ってことにしよう！　お互いに利だけを求める関係ってことで！」

不安に思った私は、名称で無意味に悩んだあげくに勝手に結論づけた先輩に口を挟む。

「もしかして先輩、私が来るのを狙ってたんですか？」

「そんなまさか。たまたま来た子が、たまたま裏アカまで知っている子で、たまたま症候群を発症している子だったから、なんかに使えないかなって思って」

「すごく利己的ですね⁉」

「そりゃだって、寝ようとしてたのに起こされたし」

「それは、ごめんなさい……？」

「無理に謝らなくていいよー。っていうか、尊敬のこもってない敬語ってキモいから外して。名前も別に呼び捨てでいいし」

「えっ」

「無理にそうする必要はないけど、そうしたほうがお互い楽じゃない？」

「……そうかな？」

「うん」

これまで運動部だったこともあり、先輩に対してタメ口を使ったことなどない。そもそも、最近は同級生と話す時だってほとんど敬語だ。本当に外していいのかと、ためらってしまう。

いや、でもなぁ。本人がこう言ってるわけだし？　部活動という限られたコミュニティでもないし、この先輩の機嫌を損ねたからってなくなる人間関係もない。ここは思い切ってやってみよう。

「じゃ、じゃあ、遠慮なくそうするよ」

「うん。気にせずどーぞ」

「今更やめろって言ったたって、やめたりなんかしないからね？」

「別にいいよ。っていうか、そっちのほうが違和感がなくていい」

そんなに尊敬の念がこもってなかったかな……。まぁ、ビッチと噂の先輩を敬えって言われても難しいだろう。

「それに、こんな症候群になる子なんかと仲良しこよししたくないでしょ。したい？」

すぐに答えるのはためらわれたから、ややあって首を横に振る。

「でしょ？」

「でも、具体的には何をするの？」

ナナは目を見開いて驚いた後に、ニコッと笑いかけてきた。

「ヤバイ、そこまで考えてなかったー」

笑顔が不意打ちで可愛かっただけに、その発言にはイラッとする。

「もう、しっかりしてよ」

「って言われてもさ、咄嗟にはアンタだって思い浮かばないでしょ」

そう言われたのが悔しくて、何とか頭を回転させて案を考える。やっぱり思い浮かばないでしょと主張する目の前の顔を無視して、考えられるだけ考える。ややあってから、それらしいことを思いついたのでニヤリと笑い返した。

「まずは……お互いの情報の共有からじゃない？」

「それは一理あるかも。じゃあ、提案者からどうぞ？」

「そ、そこは提案を受けた人からするべきじゃないかな。思い浮かばなかったわけだし」

先に自分から情報を明かすのは、若干不利な気がする。それを向こうも感じているのか、笑顔でこちらから話すように促してくる。ここで負けるわけにはいかないと突っぱねるも、段々と反論する言葉もなくなってしまった。

何も言えない私を、ニヤニヤと見つめてくるナナが憎らしい。

さっきから思っていたけれど、ナナはすごく口が上手い。このままだと、一方的に利益を持って行かれそうで怖い。気をつけないと。

とはいえ、この場ではもう私は負けてしまったようなものだ。仕方なく、私から話を始める。

「……私の症状は、人に触れると体調不良が起きるって感じのやつ」

「うわぁ、それはカワイソウ」

「あのさぁ、全然そんなこと思ってないでしょ」

ここまで感情のこもってない可哀想って言葉、初めて聞いたかもしれない。

「いやー、本当に可哀想だなって思ってるよ。いちいちヒトに触れるたびに体調不良になるなんて、日常生活大変だろうなって分かるもん」

「それならいいけどさ」

「でも体調不良っていうのが気になるかも。ただ触れた箇所が痛いってワケじゃないんでしょ？」

「そうなんだよ。触れる箇所が異様に痒(かゆ)くなったりもするし、全然関係ない頭とかお腹(なか)とか痛くなったりする」

「それ、何か大きい病気とかじゃなくって？」

「そうかもしれないって思って、両親も心配するしで、精密検査を受けてみたんだよ。でも、何にもなかったから求愛性少女症候群だろうってことになってる。痣(あざ)もあるし」

「どこにあるの？」

「服で隠れてるところ」

「そうやって隠れてるとむしろ淫紋っぽいと思わない？」

「うるさいなぁ！　首元にちゃんとあるよ！　見せないけど！」

「首元かぁ。ギリギリ見えないってカンジだね」

「そう。だから隠すのに苦労してる……」

あ。話しすぎたかもしれない。そう思っても言った言葉を取り戻せるわけもない。

「はい次、ナナの番」

仕切り直して、ナナからもきちんと情報を引き出そうと心中で気合いを入れる。

「アタシの症状は、目にハートマークが浮かぶってやつ。痣も、多分これなんだと思う。もしかしたら他にも症状を発症してるのかもしれないけど、今のところは不便してないしこれだけ」

「ふーん……」

だとしたら、ずいぶんと軽い症状である。確かに淫紋っぽくはあるけれど、それはこの人の態度が態度だからっていうのもなくはないだろう。代わりたいくらいだ。

「何よ」

「……それ、もてあそばれた『パパ』たちの怨念だって聞いたけど？」

興味本位で、噂の一種である説を言ってみる。今まで散々手の平で転がされたから、そのお返しだ！

するとどうだろう。ナナの顔から、一瞬にして表情がなくなった。てっきり笑い飛ばすものだと思っていたから、意外な反応に驚く。そのまま何か言いたげにしていたけれど、何も言わないままいつの間にか表情は元に戻っていた。

「……どこ情報？　尾ひれにもほどがあるでしょ」

「どこかは忘れたけど、聞いたことあったから」

尾ひれって何のことだろう。

「くだらないこと真に受けるとかないわ」

「いや、そんな噂流されるほうがない」

「好きで流されてるワケじゃないし」

「どうだか！」

その時、五限目が終わるチャイムが鳴った。ナナからは動こうという意思が感じられなかったけど、私は次の授業には流石(さすが)に出ないといけない。もうちょっと話を聞きたかったのに！

そんな私の表情を読み取ったのか、ナナは薄く笑った。

「昼休みとかその後の時間ならアタシは大体ここにいるから、なんかあったらおいでよ」

「そうなんだ！　じゃあまた来るね」

そんな風に返したけれど何だか仲良しこよしっぽいと思った私は、走りながら首を横に振って否定する。

「絶対！　来るわけじゃないけどね！」

そうだ。そんなに授業をサボるわけにはいかない。評点に傷がつくし、そのせいで授業内容が分からなくなってテストで撃沈するのも避けたい！

「ま、アタシもいない時くらいあるけどね」

その言葉まで、私の耳には入っていなかったのであった。

○

ナナと出会ってから数日後。裏アカウントで彼女を見かけるたびに、あの日を思い返す。本当にこんな露出しているアカウントの人が存在していたんだ、その人は同じ学校の人で、つい最近知り合ったんだ。そう思うたびに、何だか不思議な気持ちになる。

彼女はなにかあったらおいでと言っていたけれど、特に何も起きはしない。だってそうだろう。ほとんど毎日学校なのだ。たまの休みは、スマホを見て寝て課題をやったら終わっている。その中で新しい症候群の情報を得るほうが難しい。

一応症候群かもしれないと私が勝手に思っている相沢さんたちにも話を持ちかけてみたが、彼女たちは好んで話そうとはしなかった。多分、そうだったとしても積極的に話すことじゃないんだろう。誰かが言っていたけれど『求愛性少女症候群というくらいだから、少女ではなくなった時に治るのを信じてじっとしておく』人がほとんどだろうから。

そんな新しい話もない中で会いに行くのはためらわれたが、その日の授業はあんまりにもハードだった。そこから逃げ出すように、屋上へ向かう。どうせもう放課後になるし、それまでサボっちゃおう。

屋上の扉を開くと、ナナは何かの雑誌を見ていた。

「あ、いたいた」

「また来たの？」

こちらに目線を向けないまま、彼女はそんなことを言う。

「なんかあったらおいでよって言ったのは、どこの誰だっけ？」

「はいはい。素直なのは、よーく分かったから」

皮肉っぽく言われたその言葉に反論しようとしたけど、このまま言い合いになって疲れるのも嫌だなと思い直して彼女の隣に座った。座った瞬間は嫌な顔をされたけど、何も言われはしなかったので別にいいんだろう。

「ナナは何やってるの？」

「数学の参考書読んでる」

「参考書!?」

驚きのあまりに雑誌をのぞき込んで見ると、確かに数学の文字があった。

「嘘(うそ)だ!?」

確認のためにもう一度見てみても、堂々と数学の文字が書かれている。

「嘘だ!!」

ひょっとしてそういういたずらをするためのカバーじゃないのかと彼女が開いている

ページを見てみると、ページ全体に数字と図が広がっていて一瞬で頭が痛くなってきた。

おかしいな、触れてないのに。

「嘘でしょ……？」

「失礼ね。これでもテストの時には、名前が貼り出されるんだけど？」

「貼り出される……？」

「テストの時、各学年の成績上位者は玄関の掲示板に名前が貼り出されるようになってるでしょ？　知らないの？」

「うーん……？」

そんな制度もあったような……？　いつもつるんでいる人たちの中では田中さんが一番頭がいいけど、彼女は順位なんて興味なさげだからよく分からない。もちろん、自分は載っているかもなんて微塵も思ったことはないから見に行ったことすらない。

「世も末だ……」

「それ意味分かって使ってんの？　だとしたら、そっくりそのまま返すけど」

「返されても困るよ」

「アタシも困るんだけど……？」

ナナはため息をついて、雑誌を隣に置いていたリュックの中にしまった。

「途端に勉強する気力がなくなったわ……」

「じゃあ、ちょっとお話しようよ」

「話ってなに？　新しい情報でも手に入れたの？」

「それはないけど」

「じゃあ話すことなんてないじゃん」

「いや、だって暇だし……」

「スマホ持ってきてるんでしょ？　それでいくらでも時間潰せるじゃん？」

ナナは、自分も言った通りにスマートフォンを取り出して時間を潰そうとし始めた。

「それは……そうだけど……」

どうしてだか納得できない自分がいて、彼女のほうと自分の手元を交互に見る。別に仲良しこよしになりたいわけじゃない。それでも、まったく話さないのは違う気がしてならない。どうしてだかは、自分でも分からないけど……。

「ね？」

「あーもう！」

痺（しび）れを切らしたナナが、スマートフォンを乱雑にリュックの中に突っ込む。

「分かったわよ。じゃあ普通の友達には出来ないような内容のことを話すからね！　誰かに対する愚痴とか！」

「待ってました！」

愚痴はバレー部だった頃にも使っていた、特に盛り上がる話題だ。

下手をすると本人に告げ口をされてしまったりするが、そうだとしても盛り上がることには間違いない。

「愚痴で待ってましたっていうのは、流石にどうかと思うけど」

「それはちょっと、ノリで……。でも、露出してるアカウントでの悩みとかは気になるかもしれない」

「あ、ソッチに関してはそこまでないかなー。生身で接する学校のほうが、百倍めんどくさいよ」

「そういうもんなの？」

「そういうもんだよ。いや、めんどくさいことには変わりないけどね？　ほら、生身だと視線とかもあるからさ」

「視線？」

「そう。体育の中村とかすごい視線でアタシのこと見てくるし！」

「そうなんだ」

「アイツの場合は、バストさえデカければ誰でも見てるけどね。三組の後藤とかのこともよく見てるし」

全然視線を感じたことがない私は……。いやでも、女子は胸だけじゃない！　うん！

「体育なら、私は三浦先生のほうが苦手かな。体育出来ない人に対して当たりが強いし」

「あー分かるわ。体育出来る人間から見ると余計に酷く感じるっていうかさ。ちゃんと教えりゃいいのに」

「だよねー。あ、他にもさ……」

○

「そろそろ帰ろうよ。空模様も怪しくなってきたし」

それもそのはず。夜から雨が降ると、朝に見た情報番組でアナウンサーが言っていた。私としてはこの時間なら夕方のつもりだけど、暗くなってきているし天気予報的には夜かもしれない。傘は持ってきたけど、雨に降られながら帰るのは嫌だ。

「そうしよっかー。降られたら最悪だしね」

「うんうん」

どうやら、同じ気持ちらしい。まだ話そうと言われたら流されてそのまま話してしまいそうなので、少しホッとした。

お互いにリュックを持って立ち上がる。僅差で私のほうが早く動いていたから、先に扉のほうへ進む。

「結構話したよね」

「空の色変わってるしね。っていうか、久しぶりに対面で人と愚痴った気がして結構名残惜しかったり」

ナナの口から名残惜しいだなんて言葉が出てくるとは思わず、驚きの声が出た。

「そんなに？」

「そんなに。対面で話せるような人とは仲が良すぎて、あんまり愚痴とか言い合いたくないし」

「ふーん」

確かに、かなり仲が良い人とはあまり愚痴りたくない気がする。程々なくらいが一番話しやすいのかもしれない。

「え、高校から一人なの？」

「どうだと思う？」

「うわ、面倒くさいやつだ」

ナナの話を聞き流しつつ、ドアノブに手をかける。

ガチャッ、ガチャッ。

「え、開かない……？」

何度も回してみるけれど、どうしてだか開かない。

「ちょっと、冗談よしてよ。貸して」

ナナに押しのけられ、ドアノブから手を放す。けれど彼女が回しても、同じようにガチャガチャと音が鳴るばかりで開かない。

「マジじゃん……。ホントサイアク！」

彼女が吐き捨てるように言ってしまう気持ちも分かる。よりにもよって、扉が一つしかない屋上に締め出されてしまったのだ。最悪以外のなんでもない。

「この学校、嫌なくらい扉の立て付けが悪いんだよね。前もこういうことあった」

「その時はどうやって解決したの？」

「……まぁ、ノリで」

「ノリで解決するようなことなの……？」

「ノリで解決するようなことだったの！」

ナナにしては、やけに必死でそう言ってくる。ついでに彼女の頬が若干赤くなったような気がするが、気のせいだろうか。

風が少し強いから、それで冷たくなっているのかも？　流石に季節が季節だから、防寒出来るものがない。気付いてしまった以上、少し良心が咎める。けれど彼女がそんなに気にしてなさそうなのをいいことに、無視することにした。あんまりにも寒かったら、何か言ってくるだろう。どうすることも出来ないけど。

「今回は、流石にノリじゃ解決出来ないかも」

「見回りの人が来るまで待つしかないのかな」

「うわ……それいつよ？」

「分かんないけど……先生たちが帰る頃とか？」

ナナはすごく嫌そうな顔をした。思ってたよりも、感情が表情に出てくる人みたいだ。

「マジでサイアク。あと数時間は待たないといけないってことじゃん！」

「お腹空いちゃうよね」

「それもあるけど、充電が切れそうなんだよね」

「あ、モバイルバッテリーあるよ」

「え！　マジ!?　貸して貸して！　後でジュースとかおごるし」

「ラッキー♪」

念のために持ってきているモバイルバッテリーを貸すだけでジュースをおごられるなんて、不幸中の幸いってやつかな？　嬉しい。

「あれ？　……えー？」

そう思いながらリュックの中を探すも、入れているはずのモバイルバッテリーが出てこない。そんなに小さいものではないから、入っていたとしたらすぐに見つかるはずなのに。

何度見ても見つからないってことは、置いてきたのかな。

「ないみたい……」

「ないわ！　期待させといてそれはないわ！」

「うるさいなぁ！　バッテリー切らすほうが悪いんじゃんか！」

「それを否定出来ないから、余計にサイアクなんだよ！」

　そのままナナは、気まずそうに目線を逸らした。私もあえて合わせようとはせず、そのまま自分のスマートフォンに表示されている裏アカウントのタイムラインを見つめる。けれどどうしようと焦っている頭には、何も入ってこない。

「……ん？」

　その時、ナナが不思議そうに首を傾げた。なんだろうと、彼女の顔を見る。

「なんか、聞こえない？」

「え？　怖い話ならやめてよ？」

「怖い話苦手なんだ……。っていうのは一旦おいといて。ガチめにこの扉の向こうから、誰かの声が聞こえる」

「本当？」

「うん。しかも、泣き声っぽい」

「聞けば聞くほど怖い話なんだけど……」

「いや、マジマジ」

背筋が凍る。状況が状況なだけに、冗談だとしても笑えない。

「そ……そんな適当言ってくるんだったら、共犯関係やめる！　見損なったよ！」

「は？　勝手に見損なわれても困るんだけど⁉　っていうか聞こえないの⁉　耳悪いんじゃない？」

「これでも聴力は良いほうだよ！」

「じゃあ耳掃除してないいんじゃん⁉」

「昨日したばかりなんだけど⁉」


「……誰かいるんですか？」

その声は、私にもハッキリと聞こえた。けれどそれが今にも消え入りそうないかにも幽霊らしい声だったから、思わず悲鳴がこぼれる。そんな私を見つめるナナは、きょとんとした顔をした。その後にはあろうことか、思いっきり声をあげて笑い始めた！

「ちょっと！　笑わなくたっていいじゃんか！」

「いやだって、反応が幽霊に対するそれじゃん。笑わずにはいられないでしょ」

「誰だか分かりませんが……幽霊を信じてるんですか？　ずいぶんと幼いんですね」

ナナだけじゃなく、謎の声の人にもバカにされた。何にも言い返せないのが悔しい。

「あー、可笑しい……」

「えっと……そんなに笑わなくてもいい気はしますけどね」

「いや、この子の顔見たらアンタも絶対笑ってたから」

「はぁ……」

「そこまで言わなくたっていいじゃん！」

声が聞こえることが本当だったとはいえあまりにも馬鹿にされるので、やっぱり共犯関係を無かったことにすべきなんじゃないかとすら思えてきた。この人といると、絶対疲れる！　既にめちゃくちゃ疲れている！

「ここまで話しててなんだけど、アンタってもしかして扉の前にいる？」

「いますけど」

「そしたら、そっちから開けてくれない？　こっちからだと開かなくて困ってるんだよねー」

「そのくらいなら……」

声の人が静かになったかと思えば、その数秒後にガチャリと音がする。

「開いた！」

帰れる！　嬉しい！

そんな感情が赴くまま、自分の体調が悪くなってもいいと思い相手の手を握ろうとした。

けれど、扉の前にいた女子生徒は暗い顔をして立っている。っていうか、この人もしかしてエリムさんじゃ……⁉

「ありがとー。ってか、何でこんなところで泣いてるワケ？」

そうなのだ。彼女は、明らかに泣いていた。ナナに指摘されて隠そうと袖で顔をこすっているけれど、それっぽっちじゃ隠せないくらいの泣きようだ。

「……貴方たちには関係ないじゃないですか」

隠せないと分かったのか。彼女はそっぽを向く。

「そうはいかないなー？　だってヤバイ状況だったのを助けてもらったんだもん、ねぇ？」

「え⁉」

急にナナから同意を求められて、戸惑いを隠せない。けれど彼女の目線が私に、同意するよう圧力をかけてくる。いつも以上の迫力があって、頷かないわけにはいかない。

「え、う、うん！　このまま帰れないのかもと思ってたし！」

咄嗟に出てきたのがタメ口で少しだけ焦るが、特にどうということもなかった。あまり気にしなくてもいいんだろうか？

「そうそう。そんなわけでさ」

ナナはするりと泣いているエリムさんと間合いを詰めて、その肩に手を置く。

「エリムさんだよね？　お嬢様だって、もっぱら噂の」

「そ、そうですけど……」

「良ければお礼をさせてほしいんだけど、どう？」

横から見えているところだけでも、先程の目線での圧力よりもずっと有無の言わせなさを感じた。笑顔でそれをやっているのだから、恐ろしいというほかない……。

「お、お礼って、何のつもりですか？」

「とりあえずおごるから、マキワ行こうよ。あそこなら充電出来るし」

「まきわ……？」

まるで初めて聞いたとでも言いたげに名前を繰り返す彼女に、私とナナは目をパチクリさせる。

「あ、やっぱり知らない？」

「いや、そういうわけでは」

毅然とした態度を見せてくるが、この様子だと知らないと言われても違和感はない。お嬢様だから、行ったことはなくても無理はないだろう。ファストフードなんて、嫌悪されていたとしてもおかしくない。

「確認なんですけど、『まきわ』ってあの、駅前にあるファストフード店のことですか？」

「うん、合ってる。けどもしかして、お嬢様は行けなかったりする？」

「う……」

その言葉に、エリムさんは明らかに動揺した。口をパクパクさせている姿は、なんだかちょっと人間味を感じた。令嬢ということもあって普通とはちょっと違う人だと思っていた私は、なんだか安心する。

「ほ、本来ならば行けないのですけど……お礼という形であれば、仕方ないですね。庶民に出せる金額というものも、限度がありますしね」

言葉ではかなり失礼なことを言っているが、顔がニヤけてしまっている。……どちらかと言えば、喜んでる？　令嬢なのに？　どうしてだろう。

「そ、じゃあ決まりだね。とりあえず顔洗ってきなよ、玄関で待ってるから」

「……やっぱり洗ったほうが、いいですかね？」

「流石にそのまま外に出たら、周囲の目ヤバイと思うよ？」

ナナの言葉に静かに頷くと、エリムさんは鞄を手に階段を降りて行った。

気になるのは、ナナの異様な優しさだ。確かに窮地を救ってもらったとはいえ、エリムさんは扉を開けただけだ。ここまで優しくするのは、一体何でなんだろう。

「でも、なんでいきなりおごるって……」

分からないから、素直に聞いてみる。

「あの子も求愛性少女症候群かもしれないって、ずっと思ってたんだよねー。あの様子だとビンゴって感じじゃない？」

その言葉で、ナナは私に隠している情報があるんだろうかと勘ぐった。けれど上手く言葉に出来そうになかったので、それについては黙っておく。

「……よく分からないけど、そうだったらいいね」

「うんうん。それに令嬢を味方につけられたら、結構いい感じじゃん？」

「あ、海老で鯛を釣るってやつ？」

彼女は表情を固めた後、何故だか私を見て大きなため息を長々と吐き出した。

「なんで尾ひれは分かってなさそうだったのに、海老で鯛を釣るってのは分かるワケ？」

「その尾ひれ……？　はよく分からないけど、海老のほうはお母さんが言ってたから」

「あー、それなら納得」

「あ、一応言っとくけどアンタにはおごらないから」

「し、知ってたけど改めて言われるとちょっと嫌だ！」

〇

ファストフード店についてからのエリムさんは、とにかく挙動不審だった。気を抜けば全てに対して疑問を向けて一般の人にすら解説を求めそうになるのを、ナナと一緒に必死で押さえ込んだ。誘った張本人であるナナもまさかここまでとは思っていなかったようで、嫌な顔を見せることが何回かあった。たしかに、今時は子どもでもここまではしゃがない気がする……。

おかげで、どうして泣いてたのかや求愛性少女症候群についてを聞けないまま席に向かうこととなった。

そして、お待ちかねののハンバーガーを食べる時。

「これが……ハンバーガー……」

「本当に初めて見る人のリアクションだ……」

私とナナは席に着いた瞬間からポテトを食べ始めたが、彼女はテーブルに置いてからも興味深そうにトレーに載ったそれらを見つめる。彼女が頼んだのは、今の目玉商品である野菜多めのハンバーガーのセットだ。飲み物を選ぶのにも時間がかかっていた。

「初めてですよ」

「やっぱり」

「こういうものがあると聞いてメイに頼んだこともあったのですが、終ぞ買ってきてはくれませんでしたし」

『めい』って、誰の名前なんだろう。それとも、何か別のことなのかな？

「でさー、なんであんなとこで泣いてたの？」

「いけない、私ったらまたメイのことを……」

「あー、はいはい。自分の世界に入る系ね？」

いざ会話をしてみると、ナナが症候群っぽいと思ったのもなんとなく分かる。けど、普段からこうなんだろうか？　泣くほど悲しい出来事があったからこうなってるのかもしれないし……。

「今は食事に集中しなくては。それではいただきます」

丁寧に包み紙を剥がし、小さな口を思いっきり開けてかぶりつく。その姿は、普通の女子高生と何一つ変わらない。

「……なるほど。こういった味をしているのですね」

けれど、反応が違った。神妙な顔をして、かじったハンバーガーを一度トレーの上に置き直した。そして、口元を持ってきていたウェットティッシュで拭う。その行動は、とてもお嬢様らしくて思わず見とれてしまう。

「メイが買ってこなかった理由が、分かるような気がします」

ということはつまり、あまりお気に召さなかったということなんだろうか。こういうのって気に入ることのほうが多いと思っていたけど、現実はそう甘くないんだなぁ……。

なんてことを思いながらも自分が食べるのに集中しようとしたのに、エリムさんはまたハンバーガーを食べ始める。あれ？　もしかすると、出されたものはちゃんと食べる主義なのかな？　だとしたら、すごく律儀だな。そして大変だなぁ……私なら残しちゃうかも。

「こんなに手軽で美味しいもの、飽きない限りは食べ続けてしまいます」

よく見てみると、彼女の顔は笑顔だった。元々の顔が綺麗なだけあって、笑顔だとより一層可愛く見える。

「気に入ってくれたみたいで何より。でさ、何で泣いてたのって話なんだけどさ」

ナナの疑問を無視して、エリムさんは夢中で食べ進める。あまりにもハンバーガーに夢中だったせいで、ポテトはそれ単品で食べていた。いや、美味しいけど。セットだし交互に食べたらいいのに、とは言えない。ただ見つめることしか出来ない。

仕上げにジュースを飲み終わると、彼女は勢いよく立ち上がった。

「この度は本当にありがとうございました。このご恩は決して忘れません」

一人で完結してしまったエリムさんを見るナナの目は、本当に怖い。

そのせいで、隣の席に座っている子どもが泣き始めたくらいだ。

「いやあの、出来れば座って話をさ……」

「それでは、失礼させていただきます」

宣言通り、彼女は颯爽と帰って行ってしまった。私たち二人は、それを呆然と見つめることしか出来なかった。

◆少女たちの束(つか)の間(ま)

次の日はそんなに授業は大変じゃなかったけど、あんなことがあった次の日だからということで屋上に向かう。最初に行った時と同じく、昼休みの後の五限目の時間だ。

昨日帰る時は気まずくて、エリムさんのこともあんまり話せなかった。といっても、そんな彼女に対する愚痴がメインになるだろうなぁ。結局おごり損みたいなものだし。ちょっと可哀想(かわいそう)ではある。ナナのお小遣(こづか)いの額は分からないけれど、私にとってはセットメニューの値段を自分以外のために払うのはかなり痛い。それが無意味に終わったとなると、暴れてしまうかもしれない。

そうこう思っている間に、屋上の扉前に来ていた。開けて、ナナの姿があることに安心する。

「いたいた」

彼女はスマートフォンから少しだけ目線をそらして、私のほうを見る。

「今日は来ると思ってた」

「そうなんだ。もしかして待たせた？」

言いながら、彼女の隣に座る。

「別に待ってはないから。勘違いしないで」

「そ、それはそうかもしれないんだけど」

冗談で言ったのに、断固として否定されたのでたじろぐ。そんなに否定しなくても。

「でも、うん、昨日あんなことがあったから、どうしてもね」

「そうそう。結局何にも聞けずじまいなんだよ！　ただただおごって、何か令嬢に完全に媚(こ)びてるカンジしてヤダよね！」

「それは大変失礼しました」

扉が勢いよく開かれたかと思えば、エリムさんが現れた。驚きに肩を震わせる。言葉を聞くに、私たちの話を聞いていたんだろう。彼女のことを話していただけに、ちょっと気まずい。

けれどそんなことを気にせず、エリムさんはこちらに向かってくる。

「昨日はありがとうございました。こちら、おごっていただいた分のお返しです。金額をご確認いただけますか？」

封筒が、ナナの前に差し出される。しかしナナは、驚いた顔でエリムさんのほうを見つめる。

「え、何でアンタがこの時間にこんなところにいるワケ？」

その言葉に、彼女はため息をついた。

「質問に質問で返すのはいただけませんね」

「いや、だって、ご令嬢が授業サボるのはヤバそうじゃん？」

「そうでもないですよ。父には怒られるかもしれませんが、言ってしまえばそれだけです」

「令嬢の父親って怖そうなイメージなんだけど、本当に怒られるだけなの？　折檻（せっかん）とかされてない？」

　何かをされてないかと聞いたところで、エリムさんが目を見開いて驚いた。

「……本当に学はあるのですね。てっきり枕か何かでカンニングしているのだと思っていました」

　今度は、ナナが目を見開いて驚く番だった。けれど彼女はすぐに、怒りからか目つきが悪くなる。

「ご令嬢サマも枕なんて言葉知ってるんだ。意外ー」

　口調も言葉も軽い感じで返してるけど、完全にエリムさんを蔑んでいる。まぁ、そのくらい怒っても無理はないけれど、そう思われてるのも無理はないっていうか……。

「その令嬢って呼び方はやめていただけませんか？　私には、エリムという正式な名前があります」

「アンタって呼ぶのはいいんだ？」

　そこでエリムさんは、ハッとしたような顔になった。

何だかバツが悪そうに、眉を寄せる。

「……私が令嬢であるというのは事実かも知れませんが、その地位に好き好んで座っているわけではありませんので」

「へぇ、やっぱり求愛性少女症候群っぽいじゃん」

「……よく、分かりましたね」

そう言った彼女は、眉を寄せたままで驚きはしなかった。至って冷静に、指摘されたことを受け止めている様子だ。

「症候群であることを知られても、驚かないんですね？」

不思議に思った私は、言葉に出して問いかける。

「いつか誰かから指摘されるかもしれないとは、思っていましたから。私としては今後のために、どうして分かったのかを教えてほしいのですが？」

「んー、女の勘ってやつかなー。結構自信はあったほうだけど、正直言って確信はしてなかった」

「それじゃあ、対策は出来ませんね……」

残念そうな声をしながら彼女はうつむく。けれどすぐに、顔を上げた。その顔は、全然残念そうじゃない。

「ああ。次からは、確信した後に問いかけたほうがいいですよ。もし私なら違っていた時、名誉毀損で訴えていたかもしれませんから」

「こっわ。シャレにならない話やめてよ。ガチ？　それともシャレ？」

「さぁ。どっちなんでしょうね？」

そこでようやく、エリムさんは笑った。けれど、目が笑っていない。これは……ガチのほうなんだろうか？

「ともかく、昨日の分のお返しは受け取ってください。借りたままというのは、気分が落ち着きませんから」

再び目の前に差し出された封筒を、おそるおそるといった様子で受け取るナナ。それから促されるままに、中身の確認をする。

「ちょうどね。良かった」

「当然です」

そのまま帰るのかと思われた彼女だったが、私たちの前に座った。綺麗にされているだろうとはいえ地べたに座ったので、内心でめちゃくちゃ驚く。

「私の症状に気付いたということは……お二人も、求愛性少女症候群なのですか？」

「そーそー」

「……あんまり大きな声じゃ、言いたくないんですけどね」

悩んだけど、結局敬語で喋り続けることにした。同学年だけど関わったこともないし、令嬢だし、さっきのナナに対する発言が怖くてタメ口にするのは難しかった。

「もう、そうなってから長いのですか?」

「テレビとかで話題になる前……SNSで話題になってる頃にはなってたかな」

「うん。アタシもそのくらい。そんなエリムちゃんは、どのくらいなワケ?」

「私は、昨日なりました」

驚きに私とナナが、自然と目線を合わせる。彼女の顔には困惑が浮かんでいた。私も、似たような顔をしているだろう。

「目星付けてたのに、昨日までは違ったんだ。うわー、まだまだ求愛性少女症候群って分かんないなー」

その辺は昨日モヤッとしていたことだから、思い切って聞いてみる。

「その目星ってどういうものなの?」

「どういうって?」

これで答えてくれなかったら、共犯関係を続けていくのは難しい気がする。

「ほら、なりやすい人の特徴っていうかさ」

「それは私も気になります」

「ですよね。……どうなのかな?」

出来れば答えてほしいと願いながら、彼女を見つめる。彼女は少し考えるような仕草をした後に、口を開いた。

「すごく分かりやすく言うと、病みそうな人だよね」

「病みそうな人？」

「心を病んでる人って言ってもいい」

「私って、病んでるのかな⁉」

「裏アカで愚痴ってる人間が、病んでないわけないでしょ」

ず、ずいぶん乱暴な決めつけだ！　全国の裏アカの人を敵に回してそうだ！

「いやだってあれは、現実で誰にも言えないからその受け皿として」

「普通の人は現実で充分事足りるから、受け皿なんか作らなくてもいい。でも裏アカで愚痴まで吐き出してるってことは、普通じゃないほどの不満があるってことでしょ？　それだけの不満を自然と抱えてしまうなら、病んでしまってもおかしくないよ」

初めて見た彼女の真剣なまなざしに、思わずたじろいだ。そんなにも真面目(まじめ)に言われてしまえば、返す言葉がない。

「まぁ、そんな難しく考えなくてもいいでしょ。病んでるって言っても、病気だって言いたいワケじゃないし」

「……つまり私は、病みそうな人だと思われていたというわけですか？」

「そういうこと」

「貴方は本当に、名誉毀損になるようなことしか言いませんね？　初対面から敬語でもありませんし」

「そっちのが後輩なんだから、敬語じゃなくていいじゃん」

「先輩か後輩かということは、さして重要ではありません。問題は初対面かどうかというところでして……」

「はいはい。マナー講座は受けてないからそこまで。それで、どんな風に発症したワケ？」

さっきまで堂々としていたエリムさんが、言いづらそうにうつむく。手で、スカートを思いっきり握りしめている。目の前に絶えず発症して症状を主張している人がいるにもかかわらず、言いづらいほどの症状なんだろうか。

「……実は、家に帰れなくなってしまったのです」

「家に、帰れない？」

「あー……」

私は驚きに言葉を繰り返したが、ナナはそんなに驚いていなかった。どころか、冷静である。スマートフォンを取り出して、何かの操作をし始めた。何なんだろう？　これにはエリムさんも不思議に思っているようで、二人して彼女のスマートフォンを見つめる。

しばらくして、スマートフォンがエリムの目の前に差し出された。

「これ？」

私の時と似たような流れだ。まさか、また特定されているの？

「ど、どうしてこれを？」

エリムさんから一瞬遅れて画面をのぞき込むと、そこには家に帰れないと言った趣旨の呟きがあった。どうやら、扉を開けても外に出てしまうらしい。ずいぶんと乱暴な言葉遣いだけど、もしかしてこれがエリムさんの裏アカウント……？　名前に見覚えがあるから、私もフォローしているかもしれない。それに、これを知っていたとしたらナナがエリムさんのことを同じ症候群なんじゃないのかと目星を付けていた理由も分かる。

「目星を付けた頃に、もしかしたらないかなって探したから。そしたらすぐに見つかったよ。この辺に令嬢なんて、アンタしかいないし。っていうか、個人情報出し過ぎ。しかも鍵かけてないし。変な大人に狙われたら終わりだよ？」

「それを貴方が言うのですか……」

「うるっさいな。特定されてる以上、危険なのは事実だと思わない？」

「せめて鍵はかけたほうがいいですよ。それだけで一気に変な人から絡まれることも減りますし」

「そうなんですか……？」

エリムさんからの問いかけに、二人そろって頷く。彼女は少しだけ戸惑いながらも、分かりましたと頷いた。

「今は手元にありませんので、後でそう設定しておきますね。ご忠告ありがとうございます」

彼女は丁寧に礼をする。今まではあまり注目して見てこなかったけど、こういうところで令嬢らしいなぁと思う。本人は嫌そうだから言わないけど、怖いし。

「で、昨日は帰れないから泣いてたワケね。屋上まで来たのは何で？」

「ここまで来れば、誰もいないだろうと思いまして。まぁ、結果としては二人に見られてしまったわけですが」

見てしまった側としても、多少の罪悪感がある。けれど、偶然のことだから仕方ないだろう。扉の向こうでエリムさんが泣いているだなんて、夢にも思わなかったし。

「っていうか、扉を開けても外に出てしまうっていうのはどういうことですか？」

彼女は、すごく難しい顔で説明する。

「私にもよく分かりません。昨日家に帰ろうと、いつも通りに玄関の扉を開けました。それから中に入っているつもりなのですが、どうしてだか外に出てしまっているのです」

「……どういうこと、ですか？」

中に入ろうとしているのに、外に出てしまっている？　上手く想像が出来ない。

「ですから、私としてもよく分かっていないのですよ。これ以上の説明は出来かねます」

「家の中に入ろうとしても、強制的に外へ出されてしまう……ＳＦみたいな現象って思えばいいんじゃない？　そういうのありそうだし」

「その強制的に家の外に出す力が、症候群なんじゃないかってこと？」

「たぶん」

私の問いかけに、ナナとエリムさんが頷いた。そういうことでいいらしい。それにしても、すごく厄介な症状だ。

「そして、見せはしませんけど症候群である証の痣も浮かび上がっていました。ですから、同じく症候群である方に話を伺おうかと思ってここに来たのです」

「……アンタはアンタで、アタシを利用しようと思って来たってことね」

「そういうわけでは」

口では否定しているが、どう考えたってそうだろう。

「まぁ、それならそれで都合がいいかな」

けれどナナは、エリムさんのそれを受け入れた。彼女は、続けて口を開く。

「この二人は症候群を解決するために、お互いの利を重視した共犯関係を結んでる。これに加わるんだったら、いくらアタシやそこの子を利用したって構わない。ただ……」

「ただ？」

「アタシもアンタを利用させてもらうけどね」

彼女はにっこりと笑って、言葉を締めくくった。その笑みは、ナナの裏アカウントで見

られる写真のような怪しさがある。

「……解決出来る見込みはあるんですか？」

「それはどうかなー。私たちに集まってくる情報にもよるよね」

「一介の女子高生たちに、そんなにも情報が集まってくるとは思えませんけど」

「それはまぁ、そうかもしれないけどさー」

「三人もいれば、何とかなるんじゃないですか？」

私の言葉に、三人『も』？といった疑問の視線が向けられる。私は慌てて、思っていることを全部話した。

「いやえっと、症候群の人は結構いるけど、積極的に症状と向き合おうって人は少ないから……解決したいって人が三人も集まればいいほうかなって」

「……それは、そうかもしれませんね」

「よし、じゃあ、解決のためにもまずはエリムの家に行ってみるしかないね！」

彼女は勢いよく立ち上がって、そう宣言する。

「な、何でですか？」

そんな彼女につられて、エリムさんも立ち上がった。私だけ座っているのは居心地が悪いので、私も立ち上がる。

「いやだって、気になるし。入ってるのに入れない扉。見てみたくない？」

ナナが、こっちを見て同意を求めてくる。意味が分からなくてちょっと怖いけれど、見てみたいので頷いた。そのまま、エリムさんの様子をうかがう。彼女が悩んでいるところで、五限終わりのチャイムが鳴った。流石に戻らなきゃ。やや急かす視線を向けたところ、渋々といった様子で頷かれた。

「別にいいですけど」

「よし、じゃあ行こう。二人と繋がってるアタシが裏アカで会話するグループ作るから、各自連絡はそれで」

スマートフォンの操作を始めるナナが先に歩きだしたのを追いかけるように、私とエリムさんが続く。

「急ですから、何もおもてなしは出来ませんよ」

「別にそういうのは求めてないよ。アンタが帰れないのを見届けたら帰るつもりだし」

「ま、全く解決しようという姿勢が見られないのですが？」

「だってそんなにすぐ解決出来るはずもないし」

「そうかもしれませんけど……」

「あの。家に帰れなかったんなら、昨日はどうやって夜を明かしたんですか？」

「家の敷地内に、急ごしらえの生活スペースを作ってもらいました」

令嬢らしい解決方法に、思わず目を見開く。ナナはナナで、複雑そうな顔をしていた。

「それもう、解決しなくてよくない？」

「そういうわけにはいきません。あの家に帰るのは限りなく苦痛ですが、心配されるせいで一人の時間が減るのも苦痛には違いないんですよ」

「そういうものかな」

「そういうものです。あと、ルルさん」

「はい⁉」

まさかエリムさんから呼ばれるとは思わず、声が裏返ってしまう。

あれ？　私、何かやらかしてしまっただろうか。出来る限り刺激しないように気をつけてたはずなのにな？

ってていうか、何で名前知ってるんだろう。関わったことがなければ、知らない人が多いのに。

「共犯関係になったということですし、これからも話す機会があるでしょう。ですので、私にも敬語を外してくれませんか？　私は敬語のほうが慣れているのでこのままにしますが、貴方（あなた）はそのままだと喋（しゃべ）りづらいでしょう？」

「え、いいの？」

「ええ。それに、そこの先輩を敬称無しで呼んでいるようですし私たちとの間でも無しにしましょう。呼び捨てで構いません」

「ほ、本当に？　訴えられたりしない？」

「しませんよ」

「それならいいんだけど……」

大丈夫だと言われてもまだ怖いけれど、いざって時に真っ先に訴えられるのはナナだろう。私から訴えられるということは流石にないだろう。あったら困る。お母さん泣いちゃうかもしれない。

「あと、名前は今日友人たちに聞きました。気分を害されたらごめんなさい」

「あ、えっと、大丈夫です……じゃない！　大丈夫、だよ」

「何かアタシの時と対応ちがくない？　傷つくんだけど」

「その様子だと、傷つくことはなさそうなので安心しました」

「言ってくれるねー。ＳＮＳであんだけ口が悪いだけある」

「露出魔に言われたくありません」

「はいはい。っていうか、アンタってそんな名前だったんだ」

「そう言えば教えてなかったかも」

「知らずに共犯関係をしていたんですか？」

「まだ日が浅いから仕方ないって」

屋上から出た途端に二人とも無言になるのにあわせて、私も口を閉じる。そのまま、それぞれの教室に戻った。

これが共犯っていう関係性なのだと思うと、少しだけドキドキしてしまうのであった。

○

放課後。エリムが帰る方向にあるコンビニで待ち合わせた。

私が着いた時には、すでにエリムがお店の前で待っていた。ナナはまだ来ていないらしい。

「待たせてごめんね」

「いえ。私も今来たばかりなのでお気になさらず」

「そうなんだ。それなら良かった」

令嬢と、コンビニ。

学校指定の制服を着ているからか令嬢らしさはそんなにないけれど、意識して見ると何だかちぐはぐしているようにも見える。うー。彼女が令嬢であることを意識しないようにすればするほど意識してしまっている。そういう存在だと認識していたから尚更だ。

そんな意識を忘れるために、何か話をしようと話題を振ってみる。

「コンビニって利用したことある？」

ファストフード店が初めてみたいだったから、どうなのだろうと問いかけてみた。

「ありますよ」

「え、意外」

「登校中に充電器を忘れたのに気づいて買ったことがあります」

「なるほどー」

コンビニには何でもあるし、登校途中にあるってことで行きやすいのもあるのかな。でも、コンビニで充電器を買うところはちょっと普通の高校生じゃないって感じる。コンビニの充電器なんて高級品、忘れたくらいじゃ買おうなんて思わない。私だったらそんな日は省電力にして、なるべく使わないようにするしかない。それでも使っちゃうから、帰る頃には充電がなくなってるんだけど。

「二人とも遅いよー」

そんな話をしていると、コンビニの中からナナが出てきた。来てないと思ったら、どうやら一番最初に着いていたらしい。その手には、最近出たというカロリー控えめのホットスナックがあった。

「ただ待つだけなのは悪いかなって思って買っちゃったじゃん」

「そういう謙虚さは持ち合わせているのですね……」

「まぁね」

彼女は一口かじって、何ともいえない表情になった。あんまり好みの味じゃなかったのかもしれない。

「っていうか、どんな家？　何階建て？　車何台持ってる？　プールとかある？　あるよね？」

それでも食べ続けながら、質問を続ける。テンプレの出会い厨みたいなのが面白くて、ちょっと笑ってしまった。

「期待してるところ悪いですけど、プールなんて家にはないですよ。基本的に我が家の人間はインドアな者ばかりなので、必要がないんです」

「家にはってことは、他のところにあるとか？」

「別荘にはありますね。あそこは親戚も利用するので」

「うわー、本当にお金持ちだ。ヤバ!!」

「そんなことはいいので行きましょうか。すぐそこですよ」

有無を言わせず歩き始めるエリムの後を追いかける。

エリムの家は、確かにすぐ近くにあった。歩き始めた途端に見えてきた家がそうらしい。綺麗で大きな家なので、この家に住んでいるんだと思ったら羨ましい。こういう家だったら、部屋も広くて弟の声も気にならないんだろうな……。

そうこうしているうちに、家の前にたどり着いた。数名だけれど家の前にメイドさんがいて、エリムにお帰りなさいませと声をかけている。エリムはそんな彼女たちをあろうことか無視して、玄関らしい扉の前に立った。同じく、私たち二人も扉の前に立つ。

「これが、例の扉です」

「一見してみると、何の変哲もない扉だねー」

「高級なのは分かるけどね」

「開けますよ」

ごくり。固唾をのんで、エリムがドアノブに手をかけるのを見つめる。彼女によって扉は開かれ、そのまま……。

「……あのさ」

バタリと音を立てて扉が閉められたのを確認して、私は口を開く。

「うん、言いたいことは分かるよ」

「これは多分、お家（うち）の中に入れてるよね？」

「多分ね」

彼女は興味を無くしたらしく、その手にスマートフォンを握った。

「あーあ。期待してた光景、見られなかったね。扉を開けても外に出ちゃうっていうの、見てみたかったんだけどなー」

つまらなそうに、ため息が吐き出される。けれど私の中に広がっているのは、つまらないという感情ではない。

「嘘、ついてたのかな？」

何なんだろう。この感覚は。モヤモヤしているのは確かだけど、どういうものなのかはよく分からない。

「それはもう、本人の口から聞かないと何とも」

「うーん……」

何ともいえない感情が、私の中には広がっていた。

○

え、あれ？　ここは外じゃなくて、私の家……？

どうして、帰れているのでしょう？

昨日は確かに、帰れなかったはずなのに……！

家に入ることが出来ないと二人に公表していたにもかかわらず、入ることが出来てしまいました。一日ぶりに見た玄関の光景。聞こえてくる足音。恐らく、両親のどちらかでしょう。

その瞬間に私は、本当にこの家へ帰りたかったのだろうかと考えてしまいました。このまま家に帰ることが出来ないなら出来ないで、どこか家から離れたところで一人暮らしをしたいと提案することも出来たのでは？　例えば、今後の身の振り方を考えたいというような理由をつけて……。

「おーい。アタシ達帰っちゃうよー？」

扉越しでは声が聞こえないと思ったのか、ナナが少しだけ扉を開けてそう言ってきます。

その声で、意識を取り戻しました。

「ま、待ってください！」

「ちょっと、どこに行くの！」

やってきた母のことを無視して、慌てて外に出ます。そこには、明からさまではないけれど困惑、もしくは不平を示す二人がいました。立場が違えば私も不平を示していたと思うのですが、状況が状況なので必死に弁明を考えます。

「……帰れたね」

「言ってたことと違うじゃん？　どういうこと？」

「昨日は、本当に帰れなかったんです」

「じゃあ、どうして今日は帰れてるワケ？」

「まさか、嘘ついてるとかじゃないよね……？」

「どうして嘘をついてまで貴方(あなた)たちのような人間に近付く必要があるんですか!!」

憤りのあまり口をついて出た言葉に、ルルが目を見開いて驚きます。次いで、申し訳なさそうに目を伏せました。

「ご、ごめん……ごめんなさい」

すぐに謝る辺り、この人は根が優しいのだろうなと思います。けれど嘘をついているだなんて思われたのは心外なので、そのまま目線を逸らします。

その隣にいるナナは至って冷静に、それもそうだねと頷きました。彼女には先輩としての威厳こそ感じられませんが、どこか達観している様子はひどく大人だなと感じさせられます。

「でも解決出来たのは事実だし、『どうして解決出来たのか』っていうことを分析出来れば私のも解決するかもしれない。分からないけどさ」

「私は、どうすれば良いのでしょうか」

ほぼ自問のような問いかけに、目の前の彼女が反応します。

「明日、また屋上で作戦会議するから来てよ。あ、放課後ね。そのほうが気楽でしょ？」

「……もう解決したから、行かないと言ったら？」

我ながら酷いことを言っている自覚はありましたが、利はもう得ています。わざわざ他の二人に利を提供する義理はありません。だからこそ、行かないと宣言する権利もあるだろうと思って聞きました。

ナナは、悩むこともなく即答してくれました。その時に見た表情は、確かに笑っていました。まるで、私が明日屋上へ行くことを確信しているような……。そんな笑みに、思わず身を震わせます。

「その時はその時」

「それじゃ帰ろうかルル。家どっち？」

けれど彼女は気にせず、一点を見つめ続けていたルルに声をかけました。

「あ、えっと、あっちだよ」

「一緒じゃん。ちょっと距離取って帰ってよ」

「え、やだよ！」

「こっちだってやだよ。仲良しに見られたら困るでしょうがー！」

ぎゃあぎゃあと騒がしく敷地から出て行く二人を、呆然と眺めていました。ややあってから、メイドに声をかけられます。

「お嬢様、奥様がお呼びです」

「……はい」

心を決めて、再び玄関を開きます。今度も、外に出ることなく玄関の中に入ることができました。そこには、母だけではなく父も立っています。

「ただいま、帰りました」

「おかえり」

二人はそう言って。こちらのことを頭からつま先までじっくりと見ます。その視線はいつもと変わらない射抜くようなものなので、私は身を固くしました。

「お前の様子がおかしいと聞いた時には不安に思ったが、そんなにおかしいところは見当たらないじゃないか」

お父様が続けます。

「これからは変な行動を慎むように」

したくてやったわけじゃないのに。慎みたくて慎めるものかも分からないのに。大体、目に見える症状がないからっておかしくないわけでもないでしょうに……。

色々な不満が頭に浮かび、喉元まで出掛かったけれどそこまででした。

「はい。分かりました」

歯向かう気力もなく、素直に頷(うなず)いてしまいます。

あぁ、やっぱり帰ってくるんじゃなかった。

○

エリムの家に行った翌日。考えないようにしようと思っても、どうしてもエリムのことを考えてしまう。どうして彼女は、解決出来たんだろう。彼女は、どう思っているんだろう……。

　ずっと考えているせいなのか何だかクラクラし始めて、掃除とホームルームをサボった。ホームルームはともかく、掃除は面倒くさい。今の掃除場所に、嫌いな人がいるというのも大きい。その人の名前は、永沢さん。この学校のバレー部で、期待の新人と呼ばれている。

「中学の頃のバレー部で一緒に合宿したこともある同じクラスの永沢さんが、私は苦手なんだよね」

　返事がないことに安心しながら、私は話し続ける。当事者じゃない限り頭にも入っていかないような、そんな話だ。

「彼女は未だにバレー部なんだけどさ、本来なら私もあそこにいたのにって思っちゃうんだよね。まぁ、軽い嫉妬なんだけど」

「……本当はバレーのことなんて好きじゃなかったんじゃない？」

　彼女はこちらを向くことなくそう言った。どうやら、きちんと聞かれていたらしい。

「だから、出来ないようになっちゃった、とか」

　以前の私なら全力で否定していたのだろうが、今の私は上手く否定出来なかった。ただ、なんとなくそうかもしれないと思ってしまった。思ってしまった時点で、その思いは決まったようなものだろう。私は、バレーのことが別に好きではなかった。ただ、周りに置いて行かれたくなかっただけだ。

今の私は、どうだろう。

とはいえ考えても仕方ないので、考えることをやめた。違う話題を出す。掃除の時間が終わるチャイムも聞こえたので、タイミングとしても悪くないだろう。

「エリム、来るかな？」

午前の授業中から気になっていたことだ。気になるあまりに、廊下に出て彼女のクラスの前を通るときに姿を目で探そうとしてしまったほどだ。その時に、一瞬だけ彼女と目が合ったような気もする。

「来ないんじゃない？」

「やっぱり？　もう解決しちゃってたもんね」

「うん。それに言ってたじゃん。嘘ついてまでアタシたちに近づきたくないって」

「言ってたね。あそこまで言うなんて思わなくてびっくりしたよ」

「あの時の雰囲気は、裏アカから想像できる人間の通りだったなー」

エリムがいた時もそんなことを言っていたが、そんなにも酷いんだろうか？　彼女のアカウントを探したけれど、相互でフォローしていることを確認しただけで呟きまではちゃんと見ていない。

「……その裏アカウントなんだけど、そんなに酷いの？」

「もう凄いよ。時々しかログインしてないんだけど、その分一つの呟きに呪詛が込められてるっていうか。見てみる？」

ナナがそんなに言うなら、よほどのものなんだろう。怖さもあったけれど、それ以上に好奇心が勝ったので頷いた。

彼女は素早く画面をスクロールした後に、私のほうに画面を見せてくれた。

「うわ……」

そこにあったのは、両親に対しての恨みをただひたすらにぶちまけているアカウントだった。かなり詳細に両親や自らの帰宅時間を書いているので、これもまた人に特定される材料になるのだろう。

「確かにこれだと、かなり個人を特定出来そうだよね」

「そうそう。あの子の周りにも止められるような人間はいなかったのかって、不安になるレベル」

「令嬢だし、もっと気をつけてても良さそうなのにね」

「うーん……呟き見るに父親が頑固そうだから、インターネットっていうものをよく理解してないのかもしれない。だから、あの子もそうなっちゃったのかも。ってまぁ、ただの推測だけど」

「嫌なのに似ちゃうんだ？」

「嫌だけど、その対象が身内だとどうしてもそうなっちゃうみたいだよ？　結構そういう子は多いっぽい」

「へー……。私は家の中だと弟が嫌いだけど、そこまでじゃないからなぁ」

「私も家族のことは信頼してるから、その点は良かったかなって思ってる」

「身内っていうか……毎日顔を合わせる人のことが嫌いだと、本当に大変そう」

「って、いない人間のこと哀れんでもしょうがないじゃん。作戦会議しよう、作戦会議」


「どうして私のことを哀れんでいるんですか？」


　また突然現れた、エリム。驚きに、肩がやっぱり震えた。最初に声を聞いた時も幽霊っぽいなって思ったけど、この突然現れる感じも何だかそれっぽくて怖くなる。

「またサボってきたの？」

「いえ。今回は放課後になってから来ましたよ。私たちのクラスは、ホームルームが短いので」

「あっそう……。その様子だと、また全部聞いてるんでしょ？」

「『嫌だけど』の辺りから聞いていました」

「うっわ、何でそんなところから聞いてるワケ？　もしかして狙ってる？」

「むしろそちらが狙っているのではと思ったのですが、違ったのですか？」

一瞬にして屋上が、バチバチとした嫌な空気になる。私はどうしようと、二人の顔を交互に見つめる。けれどナナは、そんな空気を壊すかのように不思議そうに首をかしげた。

「っていうか、何で来たの？」

その言葉に、呆気にとられたエリム。しばらくはポカンとしていたけれど、徐々に怒りをあらわにしてナナを睨みつける。

「貴方が来いと言ったのではないですか！」

「それはそうなんだけどさ、本当に来るとか思わないじゃん」

何も悪気が無さそうな、本当に不思議で仕方がないといった表情でナナはエリムを見つめる。やがて怒っていた彼女の顔からは、表情もなくなってしまった。無表情なのに、どこか怖く感じる。

「……帰ります」

「待って！」

あろうことか帰ろうとする彼女を、急いで立ち上がって追いかける。その手を、出来るだけ傷つけないように握った。症候群が治った人に触った事なんてないから不安だったけど、すぐには何も起きないようだ。これで帰る頃になって具合が悪くなるとかだったら嫌だな……。

　けれど、止めないわけにはいかない。せっかく貴重な症候群が治った例なのだ。その辺をナナは分かっているんだろうか？　まったくもう！

「お願いだから帰らないで。エリムの症状が治った理由が分かれば、私とナナの症状も良くなるかもしれないし……」

　とはいえ、こんなことを言ったところであまり説得力はないだろう。だって、彼女にはもうこの場に利を感じることは出来ないのだから。それでも来てくれたことの意味は分からない。意味は分からなくても、チャンスはチャンスだ。それも最後の。けれど私には、すぐに用意できるような利はない。財布の中身は私にとっては高額でも彼女にとってはシジミの殻程度のものだろうし、リュックの中にも利らしいものは入っていない。だとしたら、私に出来ることは一つだ。

「お願いします！」

「なっ」

　精一杯頭を下げる。

「そ、そんなことをされても困ります！」

「困るんなら、帰らないで作戦会議してよ！　お願いだから！」

「おー、やれやれー」

「ナナだって症候群がまだ治ってないんだから頭下げたっていいんだよ⁉」

そうは言うものの、彼女が下げてくれるとは思えなかった。だから自分一人でエリムをさらに困らせるためにも、必死に涙を流そうとする。けれどその前に、彼女はバタバタと抵抗するのをやめた。本当に嫌そうに、ため息をつく。そのため息は長くて深くて、思わず私は手を放した。

これは、怒らせてしまったかもしれない。ヤバイ。どうしよう。慰謝料を請求する裁判を起こされたりしたら、絶対に負けてしまう。私の家に、彼女に払えるようなお金はない。けれど謝るのもおかしい気がして、私はただ彼女のことをじっと見つめていた。

「……仕方ないですね。少しだけですよ」

ようやく開かれた口から発された言葉を、数秒かけて理解する。

「本当に？」

不安に思った私は、念のために問いかけてみる。

「本当ですよ」

「やったぁ！」

私はそこで、思いっきり跳ねて喜んでしまった。跳ねた後に見た目の前の彼女の不思議そうな顔に、一気に我に返る。恥ずかしい。顔から火が出そうなくらい熱い。顔全体が熱をもっているのがよく分かる。

「ルルって、普段からそんな喜び方してそうだよね」

「私も今、貴方と同じ事を思いました」

二人とも、必死に笑いを堪えている顔でそんなことを言ってくる。そんなはずはないと否定したかったけれど、否定すると吹き出して笑われそうな気がしたのでやめた。気がするって言うか、絶対そうだろう。

「握っちゃってごめん。痛くなかった？」

「そんなにやわな体じゃありませんよ」

「そう。それなら良かった」

エリムに謝った後、自分が元いた場所に座り直す。ここに残ると決めてくれた彼女も座った。座る位置は前と変わらないので、早くも位置が決まってきているのかもしれない。

「それじゃあ、作戦会議を始めようか！」

ようやっとだ！　長かったー。

「何を話し合うんですか？」

張り切って切り出したものの、何を話すかまでは一切決めていなかった。というより、ナナが先導してくれるものだと思っていた。この共犯関係を始めたのは、彼女なわけだし。

そういう意味も込めてナナの顔色をうかがうと、彼女は口を開いてくれた。

「ひとまず、各々の症状の再確認。それと、どうしてそれが起こってるのかで思い当たることを話せるだけ話して」

「話せるだけっていうのは、どういうこと？」

「話したくないことは、無理に話さなくてもいい」

「……なるほど」

それは、自分が話したくないことがあるってことなんだろうか。自分も話したくないことがないわけではないから、それを否定するのはためらわれた。そのまま口を閉じて、彼女の話を聞く。

「あと、他にも話せそうな情報があったら話して。これは別に今じゃなくてもこれからずっとよろしく。ＳＮＳならＵＲＬとかスクショとか貼るだけでもいいし」

「うん、分かった」

「気が向けばそうしますね。では、ナナからどうぞ？」

促された彼女は、一瞬だけ嫌な顔をした。

「貴方が提案したことなのですから、まずはお手本をお願いしたいのですが」

「分かってるよ……」

嫌そうな顔のまま、口を開いて話し始める。

「アタシの症状は、もう分かってると思うけどこの目のハートマーク。原因は多分、裏アカを始めたことなんじゃないかなって思ってる」

「それはまぁ、そうでしょうね……」

「じゃあ、そのアカウントをやめれば……？」

私の提案に、ナナはふっと笑った。まさか笑いかけられるとは思わず、ドキリと心臓が高鳴る。

「そりゃ、そう思ったんだけどねー。同時期に起きた話したくない事情も関係してるのかもしれないって思ったから、消せないままズルズルしてる」

その言葉に、自分にも思い当たる節があったことを思いだした。

「それにさ、そこそこに裏アカでの交流が盛んなルルなら分かるんじゃない？　そんな簡単に裏アカから離れられないってことがさ」

すごくよく分かる。だって裏アカウントは、もはや私にとっては現実で生きていくために必要なものになっている。いくら症候群が解決するとしても、アカウントをやめるというのは怖い。それに、彼女はそれじゃない心当たりもあるという。もしもアカウントを消したのにそっちだったらなおのこと悲惨だ。

「……ごめん」

「いいよ、別に。アタシでも同じ事言っちゃうだろうし」

「そっか」

「その裏アカウントを始めるきっかけとなった悩みというのは、聞いてもいいものなんでしょうか？」

「流石に、話したくないかな」

「そうですか」

無理に話さなくていいと彼女が言ったのは、自分が聞かれたくなかったからなのかもしれない。

「では……他の情報は、ご存じないのですか？」

エリムは、冷静に問いかけてくる。

「知らない。昨日は一応、アンタみたいに治った人のことを調べてみたりもしたんだけど何にも分からなかったよ。というか、全部うさんくさい」

「やっぱりそうですか……」

「アタシが話したんだから、次はアンタの番じゃない？」

順番を決めつけられたエリムはさっきのナナと同じように一瞬だけ嫌な顔をしたけれど、すぐに元の表情に戻った。そのまま話し始める。

「私の症状は、どういう原理だかは分かりませんが家に帰れないというものでした。原因はおそらく、私が家に帰りたくないからです」

「何で帰りたくないワケ？」

「家に居場所などなく、帰る理由を失ってしまいましたから……」

そう言って、彼女は遠くを見つめる。家に帰る理由って、何だったんだろう。っていうか、家に帰るのに理由が必要なのかな……？　疑問には思うけれど、聞いても答えてはくれないだろう。想像もつかない。

「情報は？」

「ナナと同じものを調べていました。結果も変わらずです」

「そっかー。じゃあ最後、ルル」

「あ、うん」

遂に自分の出番が来てしまった。二人が話している間に何を話そうか考えていたけど、それが上手く口から出ていくかは分からない。自分でもよく分かっていないことを話すのだ。二人みたいにちゃんと話そうとすればするほど、心臓がうるさい。

「えっと、私の症状は、同じ症候群じゃない人に触れると体調が悪くなったりするっていうのです。あ」

どうしてか分からないけど、敬語になってしまっていた。それを戻すかどうしようかとテンパって、頭の中が真っ白になる。

「……えっと、えっと」

言葉が出てこない。目の前には、二人の不安そうな顔があった。不安そうな顔もするんだと、どこか他人事のように落ち着いた私が思う。

「落ち着いてください」

「どうしたの？　さっきまであんなに張り切ってたのに」

「いや、なんか、二人とも状況の説明が上手いなって思って……。私には、出来そうにないなって思っちゃってさ……」

　バレーの大会での出来事。それからの心情。友人との決裂。そこからの人間関係。裏アカウントでのこと。それらを上手く、しかも話したくないことは話さないなんてこと、私には難しすぎる。

「分かった。じゃあ、全部話せないってことにしておこう」

「え？」

　思いもよらない言葉に、ナナのほうを二度見する。

　まさか彼女が、そんなにも優しい提案をしてくれるだなんて思っていなかった。今の私からしてみれば、女神のように思える。

「話せそうな心当たりが言葉に出来るようになってから、共有してくれればいいよ。アンタも、それでいいよね？」

「構いませんよ」

「……ありがとう」

「別にいいよ。ただ、めちゃくちゃなことしてきたからそんな酷い症状なんだなーって思っておくだけだから」

「えっ」

ちょっと泣きそうになってたけど、一気に涙が引っ込んだ。

心外だ！　めちゃくちゃなことなんて、全然してない！

「そうなんですよね。私の症状も中々酷いものだと思っていたのですが、普通の人に触れたら体調が悪くなるって症状のほうが酷いですよね？　だって日常生活自体が困難じゃないですか」

「そ、そうかもしれないけど、めちゃくちゃなことなんてしてきてないから！　誤解だよ、誤解！」

「どうかなぁ……？」

「どうかなじゃない！」

「とりあえず、さっきいきなりバレー部の子が嫌いって話をしてきたからバレー関連で嫌なことがあったのは確定ってカンジだよね？」

「うわっ」

そういえば、ついつい話してしまっていた。さっきまでの私の心情が、今となっては分からない。恥ずかしいし、何だかいたたまれない。

「そうなんですか？」

「なんかそうみたい。ルルと同じクラスの、永沢(ながさわ)って知ってる？」

「知らないですね」

「うーん。アタシも分からないってことは、ＳＮＳやってないのかな？　いや、観測外にいる可能性もある……？」

ナナはスマートフォンを取り出して、何やら検索を始めてしまった。

「その永沢って人は、どんな人なんですか？」

エリムが沈黙を恐れたのか何なのか、そう聞いてくる。私は、自然と首を横に振った。

「永沢さん自体は、別に悪い人じゃないよ。ただ、私が個人的に妬んでるってだけで」

「そうなんですね。迷惑な人だったら、警戒リストに入れようと思っていたんですが」

「迷惑な人だったら、もっと堂々と憎めたかも」

そう思うと余計に苛立(いらだ)ちを感じてしまう私は、その部分だけは、こんな症状になるほど酷(ひど)い人間かもしれないと思った。

「っていうか、警戒リストって何？」

「関わると面倒なことになりそうな人を入れています。学年こそ違いますが……ナナも入っていましたよ」

「でも本当は関わると面倒なんじゃなくて、面倒なことが先に起きてしまったパターン……？」

「難儀しますよ、本当に」

「人の目の前で堂々と悪口言うのはどうかと思うナー」

ジトッとした目なのに、その中心にはハートが存在している。そのことが何だか面白くって、私は笑って返すのであった。

○

共犯関係を結んでからの数日間は、屋上には行かなかった。というよりかは、行けなかったと言うほうが近い。

私の成績的に、あんまりサボるとテストの点数でどうにかしないといけなくなるかもしれないと危惧したからだ。どうにか出来るほどの点数が取れていたら、追試だったり何だったりで苦労していない。

その間も、二人とはＳＮＳで繋（つな）がっていた。しかし気が向いたナナがスタンプで荒らしてきたりするので、何回か抜けることを考えた。

『本当にやめてくれませんか？　迷惑極まりないです』

グループでのエリムは、現実と同じく敬語だ。発言的に、エリムも同じ気分なんだろう。

けれどナナは、新しくスタンプを買う度に自慢するかのようにグループのトークを荒らす。三日に一回は、新作を買ったと言っているような気がする。あんまりあっても使わないような気がするんだけど、そうでもないのかな。

『っていうか、そんなに買って大丈夫なの？』

疑問に思って聞いてみると、彼女はこちらを指差して笑う犬のスタンプを送ってきた。流石（さすが）に腹が立ったので『そんなんだからパパがどうのとか言われるんだよ？』というメッセージを送った。すると、直後に電話が鳴る。

「まさか……」

そのまさかで、ナナからだった。何を言われるのかは、大体想像がつく。出るのが怖くて、手元にあったタオルでスマートフォンを覆って場をやり過ごした。いつも聞き慣れている曲が、その瞬間だけは悪夢のメロディだった……。

それからはしばらくは、グループのトークを見ることが出来なかった。流石に翌日には見られるようになったけど。というか、仲良くはしないと決めているはずなのに盛り上がっているのが結構不思議だ。二人がなんてことないようにしているから私もメッセージを送っているけれど、予想では最低限の連絡しかしないと思っていたからだ。これは仲良くしてるって言わないのかなと思いつつ、軽くスタンプで返したりする。

○

　そして数日経ったある日。

　その日はあんまりにも重たい授業が詰まっていたので、最後の数学の時間に思い切って屋上に行った。屋上の扉を開けて流れてくる風には開放感があった。気持ちいい。

「久しぶりじゃん」

「本当ですね。生きてましたか？」

「生きてるよ、当たり前じゃん……。ここに来てなかっただけで、ちゃんと学校には来てたし」

「知ってますよ。同学年なので、廊下ではすれ違っていましたし」

「そうだよね!?」

　屋上には、ナナとエリム二人の姿があった。二人とも、それぞれ自分のことをしている。ナナはスマートフォン、エリムは……読書かな？

「って、え？　エリム……？」

「はい？」

　まさかエリムがいるとは思わず、声に出してしまう。そこにいるのは、エリム本人だ。そう思うと、別に私が気にしなくていいはずなのに不安になってしまう。令嬢だからお父さんに怒られるって言ってなかったっけ……？

「だ、大丈夫なの？」

「何がですか？」

「怒られたりするって、裏アカウントで言ってたから」

「言われてみればばって……」

他人事のような言いように、より一層不安になる。けれど彼女は、本当にどうでもよさそうに言葉を続ける。

「私にとっては怒られることなんて日常茶飯事ですから、どうということはありません。貴方が気にする必要はないですよ。それに」

「それに？」

「私は失敗作ですから、こういうことをしてもそこまで罪悪感を感じないみたいです」

そう言って彼女は、何だか楽しそうに笑った。なんだ。全然心配する必要なんてないじゃん。良かったような、拍子抜けのような。

「そうそう。この子、どうやらアタシと同じくらいここに入り浸ってるっぽいんだよ。アタシより先に来てることもあるし」

「えっ、めちゃくちゃサボってるってことじゃん」

「そういうことになりますね」

「……アタシ、めちゃくちゃサボってるって思われてるの？」

「最近になって理解度の違う人たちと同じ授業を受けるのって、面倒で仕方がないと思っていたんですよ。だから、ちょうど良くって」

「そっかー……」

「何かアタシに対する偏見がヤバいなー？」

ちょうど良いと語る目がキラキラと輝いているのが気になる。サボるのって、そんなに輝いた目をしながら語ることじゃないと思うんだけど……。彼女の暗かった目が輝いて見えるんなら、いいことなのかもしれない。分からないけど。

「まぁいっか。三人揃ったんなら、ちょっと真面目な話しようよ」

スマートフォンを下に置いて、ナナは伸びをする。

「真面目な話？」

って、何だろう。テストが近いから、テスト対策について教えてくれるとかかな？

「症候群の話ですか？」

「そうそう。……その顔、ルルはなんだと思ったワケ？」

「て、テスト対策かと」

「それは自分でやれ！」

厳しい言葉に、返す言葉も思い浮かばない。

「もしかして、新しい情報が入ったとかですか？」

そんな私のことは無視して、エリムがナナに症候群についての話を促す。

「いや、まだ話してないコトがあるでしょ」

話してないこと……？

よく分からずナナのほうを見つめると、その手が一点を指さした。その方向に目を向ければ、ため息をつくエリムの姿がある。

「何でアンタは、家に帰れたワケ？」

「あ……」

確かに、彼女の症候群が治った理由については話し合ってない。それさえ分かれば、私たちの症候群も解決するかもしれない。

「それなら、私も気になってた」

だから、エリムが話してくれるように言葉を付け足す。

「家に帰りたくなかったのに、特に何かするわけでもなく解決したじゃん？　どういうことなのか、自分で分かる？」

そこまで考えてたんだ……。気になってたけど、そんな難しいことは考えてなかった。

でも言われてみれば、本当に何にもしていない。私たちは一緒についていっただけだし、エリムも普通に扉を開けただけに見えた。それなのに解決したのは、一体どういうことなんだろう？

問いかけられたエリムは、しばらく難しい顔をして口を閉じていた。自分でも、原因が分からないんだろうか。分かってたら、すぐに答えられるだろうし。

しばらくして、ゆっくりと口を開く。

「それについてなんですけど、私もずっと考えていたんですよ。貴方の言うとおり、解決法らしい解決法はしていませんからね」

「そうだよね？」

「はい。それで思ったんですけど、今まで私は『家に人を招く』ということをしたことが無かったんですね」

「えっ、逆に？」

「逆に、とは」

「お嬢様って、誕生日会とか盛大にやるんじゃないの？」

そこでエリムは、さっきよりも難しい顔になった。頭を捻って、何かを考えているらしい。何を考えているんだろう。会話の流れもあって、全然読めない。聞いているような顔をしようとはしているけど、上手く出来てないかもしれない。

「……自ら望んで招いたことはありませんでしたね」

「じゃあ、アタシたちは一応望まれてたってことなんだ？」

そういうナナの顔は、少し得意げだった。反対に、エリムの顔は嫌そうだ。

「やや不本意ですがそうなりますね。だから、それが影響しているんじゃないかと思います」

「誰かを自分から家に招くってコトが？」

「ええ。もしくは、家に帰ろうと思える理由さえあればいいのかもしれませんが」

「帰りたくなればいいってことだね」

「そうですね。ですから、これからは症候群で帰れないことが自分にとって不利益になりそうなときには、友人たちを招くことを検討しようと思います。もちろん、その時はちゃんとおもてなしをしますけどね」

「そうだよ、おもてなしだよー！　すごく期待してたのに、そのまま帰ることになっちゃったしさー」

笑いながら、ナナは言った。その言葉に、私は頷く。

「実は私も、ちょっと期待してた……」

何が出てくるんだろう？　紅茶かな？　それとも玉露？　もしかして、めっちゃ高級なコーヒー？と、期待に胸を高鳴らせていた。というか、家の中もどんな感じなんだろうと楽しみにしてたんだけどなぁ。

「……今度、来ますか？」

しばらく黙っていた彼女の口から、渋々といった様子でそんな言葉が出てくる。

「そんな真剣に悩まなくても。冗談だよ。ね？」

「う、うん……」

さっきから変わらない笑顔で、ナナはどうでもいいよと付け加えながら手を振った。私としては冗談ではなくてそこそこ本気だったんだけど、そういうことにしておいたほうがいいのかな。お家の中にあるもの壊しちゃったりしたら困るし。そもそも友達でもないしね……。

「それよりも大事なのは、エリムは家に帰るときにやったことないことをしたら、症状が解決したってところだよ」

そうだ。今重要なのは、症候群の解決方法だ。

「つまり、普段しないことをすればいいってこと？」

「そうそう。それも、症状の原因に関係してるコトをね」

症状の原因に関係してて、普段やらなそうなことかぁ。

「そう言われても、思いつかないなぁ……」

咄嗟に言われて思いつくのは中学以来やっていなかったバレーだけど、この前の体育の授業でやった時は何も変わってなかったはずだ。じゃなかったら、体調不良で休憩させてもらってない。

「そうだねー。アタシも、すぐには思い浮かばないや」

「ゆっくり一つ一つの行動を試していけばいいんですよ。期限が定められてるわけでもないですし」

「それもそうだね。いついつまでに解決しないと命が危ない！とかは、きっとないだろうし」

そんなのがあったら、今以上に困る。それに、社会でももっと問題になってるだろう。よく分からない病気で多くの人の命が奪われてたら、連日ニュースになっていてもおかしくない。

「分かんないよー？　もしかしたら『少女』って年齢じゃなくなったら、そんな風に……命が危なくなるのかもしれないし」

「それを言ったら、私たちも少女と言えるかどうかは微妙じゃないですか。もうちょっと上の年齢の方でも、なっていると聞きますし」

「言われてみれば確かに……少女って言われると、困っちゃうかも」

少女っていうとあの黄色い帽子を被(かぶ)っている頃から、ランドセルを背負っている頃くらいまでをイメージするかなぁ。年長さんから、小学生ってところだ。でもその子の成長によっては、ランドセルを背負っていても少女と呼ぶに相応(ふさわ)しくないほど大人びてることもあるだろうし。

「そんなのを患うくらい、子どもから成長してないって暗に示されてるのかもね」

ナナの言葉に、一瞬で場の空気が冷たくなった。少女みたいって言われても特に何も思わないが、成長してないって言われるとカチンとくる。そんなことないよね？　流石の私も、小学生の頃からは成長していると思う。っていうか、してなかったら困る。しててほしいなぁ……。

「貴方、さっきから嫌なことばかり言ってませんか？」

「ま、ブーメランだけどね」

「ぶーめらん……？」

「あ、ネットスラングには疎いカンジなんだ？」

「自分にも返ってくるって意味だよ、ね？」

「そうそう」

「……そうだというのなら、そのまま言えばいいじゃないですか」

エリムは、手を握りしめてふるふると震えている。そ、そんなに……？

「知らなくても全然恥ずかしいことじゃないってば。そんな顔真っ赤にしなくても」

「してません！」

してるけど、彼女の中ではしていないことになってるから何も言わないほうがいいんだろう。触らぬ神に祟りなしだ。……神っていうのはちょっと言い過ぎな気もする。

「そろそろチャイム鳴るし、戻る人は戻らないとね」

スマートフォンを見つめるナナが、そう言う。面倒だけど、戻らないと。

「……あれ。もしかして、私だけ？」

「そうみたいですね」

「ガンバってねー」

「うわ――！」

○

またある日の、五限目のこと。その日は、三人が揃っていた。だからといってすることもなく、それぞれが好きなことをやっていた。

「この名前って、一体誰が付けたんだろうね？」

私のふと思いついた疑問に、今まで下を向いていた二人の視線が上がる。放課後に私が来てから結構経ったけど、もしかしたら今日初めて視線を合わせたかもしれない。相変わらずナナの目にはハートマークが浮かんでいるし、エリムの目は黒々としている。

「名前？」

「症候群の名前だよ。この前も話したけど、私たちですらもはや少女とは言いづらい年だよね？」

「かといって本当の少女は、患ってなさそうだしね」

「言われてみれば確かに」

またもそこまで考えてなかった。今返してきたのはナナだけど、エリムも同じ事を考えていそうだ。この二人は一体、どこまで考えているんだろう。私の理解の及ばないところかな……だとしたら、困っちゃうなぁ。

「でもそういうの抜きにしても、どうしてこの名前がついたのかなって思って。だって、正式な名前じゃないんだよ？　……え、そうだよね？」

「そのはずです。正式なお医者さんでは、そのように診断してくれませんから」

「うんうん。そんな感じだった、はず……」

私も両親に連れられて病院に行くことは行ったけど、周りに流されるだけで説明なんかは両親が聞いていただろうからよく覚えていない。エリムの言うことなら、間違いないだろう。

「そ、それなのにここまで浸透してるわけじゃん。そうなると、誰か広めた人もいるんだろうしさ」

私の言葉に、二人はうーんと考え始める。何気なく言ったことだから、そんなに真面目に考えられるとは思っていなくてたじろぐ。けれど、ここまで反応してもらえることは嬉しくもある。私なりの視点が生きてるっていうか、なんというか！

「いっても浸透率はすごいよね。バラエティ番組とかでも堂々と使われてるし」

「あ、最近だとニュース番組でも使われてるの見たよ」

「テレビを一切見ないので、その辺りは分からないのですが……ネットの辞典にページが出来ているのは知っています。要出典ばかりの記述で、あまり当てにはならないとは思いますが」

　私が思っているより、大きなこととして世間は認識しているってことでいいのかな。全然良くないし困るけど、それだけ多くの人が発症しているってことかもしれない。

　ナナの予想を借りると、それほど多くの人が病んでるってことだ。うわぁ、絶望的すぎる……。

「今調べてみたんだけど、二人くらい名前を考えたって主張してる人がいるらしいねー」

　ナナが、検索結果が出ているらしいスマートフォンの画面を見せてくる。そこに写っていたのは、一人は実写アイコンの人。もう一人は、イラストアイコンの人だった。二人とも雰囲気は違うけれど、裏アカウント界隈にいる人たちのようだ。見たことあるようなないようなで、首を傾げる。

「この二人の内、どっちかが本当に考えた人ってこと？」

「分かんないよ。もしかしたらどっちも嘘かもしれないし」

「インターネットにはそういう、経歴を騙る人が多いらしいですからね」

「何でそんな偏見だけは知ってるワケ？」

二人のアイコンを、マジマジと見つめる。けれど答えが出てくるわけでもなく、私は画面から目を逸らした。

「難しいことはよく分かんないや」

「アンタが言い出したことなのに」

「だってこんなに真面目に考えてくれるとか思わなかったもん。『そんなのどうでもよくない？』で切り捨てられるとしか思ってなかったよ」

「疑問には思いますから、話題として出されたら反応してしまいますね」

「やっぱりそうなんだ？」

思った通り、考えてはいたらしい。

「あと個人的には、男性の症例が確認されてないのかも気になります」

「うわー、名前からして、言い出しにくそう！」

「てっきり名前からして、女の人しかならないのかなって思ったけど、そんなことないのかな？」

「名前を付けた人が、きちんと確認して付けているとは限りませんから」

「な、なるほど……」

「皆そう思ってるから、よけーに言い出しづらくなるだろうね。痣も蠱惑的だし」

「ま、本当に女の子しかならないっていうんならそれはそれで何で？って思うけどね」

「もしかしたら、男女の差が解決の鍵になってくるのかもしれませんよ」

「男子に発生してないんなら、そこが解決方法になってくるかもしれないしねー」

「あ、そういうことなのかな……？」

「分かりません、謎ばかりですね」

「本当だよ。解決出来るか不安だ」

「めげるなめげるな」

「すごく他人事みたいに言うけど、ナナだって解決してないよね!?」

○

次の日の放課後。屋上へ向かうと、既にエリムがいてくつろいでいた。何にもない屋上でくつろいでる令嬢ってどうなんだろうとは思うけど、それが事実なんだからそう表現するしかない。

「こんにちは」

彼女はこちらに気付くと、イヤホンを外してそう言った。使っているイヤホンが私と同じものだったから、少し驚く。スマートフォンを買ったら付いてくるやつだ。変なところで、親近感が湧く。

「こんにちは。一人？」

「はい。今のところナナは来てませんね」

「うーん。あの人が授業受けてるところが想像出来ないから不思議だ……」

エリムの隣に座りながら、素直な感想を口にする。本人の前で言ったら怒られるだろうけど、今はいないから大丈夫だろう。

机に座って、真面目に授業を受けている彼女の姿を想像しようとする。けれど脳内でその子は、いつの間にか目にハートマークがない別人になってしまっているのだ。ナナの姿のままだと、想像がそこで途切れてしまう。

「とはいえ、あれでも成績上位者ですからね。枕かと思っていましたけど、あの反応だと純粋な実力なのでしょうし」

「本当に名前が載ってるの？」

「え、見たことないんですか？」

「うん、ないよ。そんなものがあるっていうことも、ナナから聞いて思い出したくらいだし」

私の言葉に、エリムは曖昧な笑みをした。多分、親しい友達同士だったら冗談を交えながらも馬鹿にされていたところだろう。親しいわけではないから、笑うのもはばかられたんだろう。この関係も、良いことばかりじゃない。

「……最初の頃は掲示されることに面白みを感じて見に来ていたような人も、今ではめっきり見かけませんもんね。成績上位者の人も最近では固定化してきてますし、ほとんどの人はもう興味を失っているのかもしれませんね」

彼女は、自分に言い聞かせるようにいくつかの説を語った。口調が力強くて、ちょっと怖い。

「そうそう。成績上位なんて、私にとっては夢のまた夢だよ」

軽い気持ちで、というか何も考えずに、そう言った。返ってくるのは笑いだと思っていたけれど、そんなことはなかった。エリムは真顔のままだ。彼女にとって私の話は、面白くなかったんだろう。まぁ、笑いの沸点が違うんだろうし仕方ないか。別に無理に笑う必要なんてないわけだし。

うーん。何か他の話題とかあるかな？　このまま沈黙したままなのはつらい。せっかく屋上まで上がってきたのに、すぐ帰るのもなんとなく嫌だ。

「ね……？」

何かない？と話しかけようとしたら、エリムはまだこちらをじっと見ていた。口をちょっとだけ開いて、何か言いたそうにしている。

「どうしたの？」

「いえ……その」

彼女はこちらから目を逸らして、口を閉じた。

「言いづらいことなら、言わなくてもいいけど」

「いえ……言います」

エリムは決意したように、そう宣言した。私はその、何だか無理をしているような様子にちょっとだけたじろぎながらも、何を言われるんだろうかと身構える。言いづらいってことなら、ストレートに悪口かな？　友達じゃないからそのくらいは言われるのかもしれないけど、心情的にはちょっとつらさもある。分かってるよ、自分が勉強出来ないことぐらい。もっと頑張らないといけないことぐらい。

「何なの？」

「成績が悪くとも、ルルの家では何も罰はないんですよね？」

しかしエリムの口から出て来たのは、思っていた言葉とは違うものだった。そこには少し安心する。けど、どうしてそんなことが気になるんだろう。っていうか、罰っていうのは……もしかして、エリムが受けて……？

いやいや、いくら何でも考え過ぎだよね。今時そんなのしてたら、いくら何でも捕まっちゃうだろうし。

そう割り切って、彼女の質問に答える。

「罰っていうか……お小遣い減らされたりとかはあるよ」

「どのくらい？」

「結構悪いと、その分怒られるし減らされるかな。この前は、五百円くらい減らされた」

「……普段はいくらぐらい貰っているんですか？」

「お父さんの機嫌にもよるけど、四千円くらいかな。前借りしたりして、減ってる時もあるけど」

「……なるほど」

彼女は難しい顔をして、うんうんと頷いている。何がなるほどなんだろう。

「他には？」

「他には……うーん、ないかなぁ。怒られてる時はそりゃ嫌だから反論するけど、向こうは私が悪いから怒ってるっていうのも最近分かってきたし」

私の言葉に、難しい顔をしていたエリムが呆気に取られる。

え？　なに？　怖いんだけど？

「私、何か変なこと言った？」

「いえ、ルルの口からそんな悟り切った言葉が出てくるとは思わなかったので、つい」

「悟り切ってるっていうのかな、これ」

「……少なくともルルの口からそんな言葉が出てくるとは、本当に思わなかったので」

「うわー。もうすっごい馬鹿にされてるじゃん！」

気まずそうにしているけれど、否定の言葉が出てこないってことはそうなんだろう。いいけど！　別にいいけどさ!?

「私だって、ちゃんと弁えられるようになってきてるんだよ？　そりゃあ、エリムに比べたらまだまだだろうけどさ」

「私も別に、弁えられてませんよ」

「え？」

「だから、裏アカに沢山吐き出しているんです」

「あ、そう言えばそっか」

言われてみればそうだ。怒られれば、どれだけ向こうに正当性があってもムカつくものはムカつく。だから、代わりの場所に怒りをぶつける。

「そう考えると何か、エリムもやっぱりただの女子高生なんだね」

「本当ですか？」

私の言葉に、エリムは控えめだけど嬉しそうにする。下手に特別扱いをされるより、普通って言われるほうが嬉しいのかな？　感覚としては分かるような、分からないような。

でもまぁ、そっちのほうがいいんならそうやって接しよう。わざわざ変なことを言って怒らせる必要もないし。

「うん。使ってるイヤホンも、スマホに付いてくるやつでしょ？」

「そうですけど、どうして？」

「いや、もっとお高いイヤホンを付けてるイメージあったから、意外だなって思ってて」

「結局、これが一番使いやすくないですか？」

「他のを試したことがないからあんまり言えないけど……ずっと使ってるともうそれが一番耳になじんでるかなっていうのは思う」

「よく分かります」

「最近流行（はや）ってるワイヤレスイヤホンは、落としそうで怖いし」

「あぁ……。友人でそれを使ってる子がいるんですけど、その子が失くしたって言った時は大変でしたね。小さいから、探すのにも一苦労ですし」

「やっぱり？」

「結局あったので良かったんですけどね」

「そっか。それなら良かったね」

「はい」

「でも、エリムが屈（かが）んで物を探してるところは想像出来ないかもしれない……」

それこそ、ナナが授業を受けているところと同じくらい想像出来ない。財布から十円を落としても、そのままにしてるって言われたほうがまだ分かる。

「それくらいしますよ。友人の物が失くなったわけですし」

「それも意外」

「……ルルって、おとなしそうな顔して結構言いますよね」

「あ、いや、だって、ほら」

そ、訴訟を起こされてしまう⁉

「そんなに焦らなくても」

そこで今日初めて、彼女が楽しそうな笑みを浮かべているのを見た。元々の顔がいいから、笑顔になるとより一層かわいい。見惚れてしまいそうになる私に驚く。見惚れてる場合じゃない！

「いやだって、変なこと言ったら訴訟起こされるかなって思って……」

「そんな簡単にしませんよ」

「そ、そうなの？」

「いいですか。裁判というのはですね……」

「いや、そういう解説はいらないから‼」

「そうですか？」

何故か残念そうにしているエリムから顔を逸らすために、スマートフォンを取り出す。

時間を見ると、もう結構な時間が経(た)っていた。そろそろ帰ったほうがいいだろう。

「私はもう帰るけど、エリムはどうする?」

「もう少しだけここにいます」

「そっか。じゃあ……」

また明日会えるかは定かではない。その時のそれぞれの気分次第だ。だから私は、何も言わずに手を振った。エリムは同じように振り返してくれたので、すごく嬉(うれ)しかった。

いつか彼女が先に帰る時があったら、今日のお返しとして手を振ろうと思う。

◆少女の甘い企み(たくら)と巻き込まれる少女たち

「そうだ、恋バナしよう！」

「え？」

「うん！　今すぐしよう！」

「ええ……？」

咄嗟(とっさ)に聞こえてきたことに驚く。もしかしたら聞き間違いかもしれないと思い、聞き返した。

「恋バナだよ。こ、い、ば、な。知らないの？」

すごく馬鹿にしている口調で、少しだけイラッとする。知らないわけがない。前までの私だったら、愚痴の言い合いと同じくらい好きだったものだ。

「そりゃ知ってるけど、本当に恋バナって言ったの……？」

どういう思考回路でそういうことを言い出そうと思ったんだろう？　全くもって、彼女の考えることは分からない。

困惑にエリムのほうを見れば、彼女の顔にも困惑が浮かんでいた。

「まさか貴方(あなた)がそんな提案をするだなんて思いもしませんでした。するとしても、ルル辺りかと」

「いや、いくら私でもこのメンツで恋バナしようだなんて思わなかったよ」

恋バナって言葉自体、もうずいぶんしていないから頭から抜け落ちていたし。

「ほらさ、流石(さすが)に人のこと悪く言うのももう限界かなって思ったんだよねー。それで、恋バナ」

そうだ。今の私たちは、そこそこの頻度で愚痴を共有している。流石にどうだろうというのは、自分も思っていた。愚痴を話すのは楽しいかもしれないけれど、それが日常になってしまうのはよくない。

「分からなくもないけど、私たちがそういうことするの？」

「何？　駄目な理由でもあるわけ？」

「いや、共犯関係だからそういうのはないのかなーって思ってて……ね？」

どう思うかを問いかけるために、エリムのほうを向く。

「共犯だからこそ、他に言いふらしたりしないでしょう。その分では、下手な友達に話すよりもずっと機密性があるかもしれません。それに、いつもと違ったことをするのが症状の解決に繋(つな)がるのなら、もしかしたらこれも大事なことかもしれません」

「そうそう！　分かってるじゃん！」

「えっ」

エリムは意外にも好意的な反応だった。そんなのくだらないとでも言うのかと思っていたから、驚きを隠せない。そんな私の気持ちが分かったのか、エリムは「恋バナくらい私もしますよ」と小さくもらした。令嬢でも、恋バナはするらしい。その辺は、普通の女子高生と何一つ変わらないようだ。

「そういうこと！　で、二人が話さないいんならアタシから話すけどいい？」

「というか、しようと言った時点で話したいことがあるってことですよね？」

「それはそう。というわけで、アタシが好きなのって先輩なんだけどさ」

ナナの好きな人と言われて思いついたのが、スーツを着た大人の人だった。なんかこう、そういうような人と好き合ってそうな気がする。好き合ってっていうか……うん、侍らせてるってほうがイメージとしては近いかもしれない。

「……どこの？」

だから、質問した。先輩っていうのは、人生のという意味なのだろうと思って。すると彼女は一瞬だけ驚いた後に、こちらを睨みつけてきた！

「この学校の先輩！」

「え、そうなの？　意外！」

「好きな人だとしたら、それはそうでしょう。ナナは人生の先輩のことなど、手のひらの上で転がす対象としか思ってないでしょうし」

　すかさず、エリムが言葉を継いだ。あ、やっぱり恋愛対象は歳が近いほうがいいってことなのかな？　それなら気持ちはよく分かる、あんまり離れてると不安になるもんね……なんて思っていたら、ナナは彼女のことを睨みつけた。

「待って？　二人の中にあるアタシの勝手なイメージを押し付けないでくれる？」

　それに負けじと、エリムも鋭い視線を向ける。

「勝手ではありません。貴方は見た目で『そういう風に受け取ってください』と言っているようなものです」

「そんなこと言ったら、アンタだって令嬢でいたくないってわりには令嬢らしい振る舞いしてるじゃん？　なんなの？」

　空気が悪くなるのを察して、私はどうしようかと二人のほうを交互に見る。何でそんなに、お互いに挑発するようなことを言うんだろう。いくら利を追求するだけの関係だったとしても、仲はいいに越したことないのに！

「それはそのほうが都合がいいからですよ」

「あ、やっぱりそうなんだ？」

　けれど、それ以上悪くなることはなかった。

「はい。……そういうところも、あまり好きではありませんけどね」

「はー、大変だねー」

「もう、そんなこと思ってないでしょう？」

会話の内容はまだ張り合ってはいるものの、口調は落ち着いている。ホッとして、胸を撫で下ろした。

これはこのまま変に話をこじらせるより、恋バナに持っていったほうが平和的になるだろう。私が話すってなると恥ずかしいけど、二人の恋愛事情は聞いてみたい。私と違って、色々と目立つ二人なのだ。どんな感じなのか、全く読めない。正直言って、恋愛してるところすら想像がつかない。だから、素直に聞いてみる。

「ナナのイメージはおいといて、好きな人っていうのは気になるかな！　どんな人なの？」

久しぶりの恋バナというだけあって、自然と声が弾んでいるような気がする。ちょっと気恥ずかしくて、咳をするフリをして落ち着かせた。

「気になる？」

「気になるよ。ね？」

「いえ、私は別に興味ありません」

「あ、え、そっかー」

さっきから同意を求めても全然同意されない。やっぱりお嬢様とは価値観が違うんだなあ……。

「そんな感じで実はストレートに『優しい人が好き』とかだったら、面白いとは思いますけどね」

「まさか！　そんなわけないよー。ね？」

「うん？　そうだけど」

「え？」

真顔で頷（うなず）かれて、思わず聞き返す。

「いや、正確には違うかな。アタシはね、アタシには優しい人が好き」

「……それなら納得です」

面白いと言っていた通り、彼女の口元は笑っている。けれど、目元は全然笑っていなかった。どちらかというと、つまらなそうな感じだ。どういう感情なんだろう？　エリムのことも、全然読めない。

「どういうこと？」

そんな私は、言っている意味がよく分からなくて問いかける。優しい人は、誰にでも優しいから優しい人なんじゃないの？

「周りには優しくても、アタシには優しくない人なんていっぱいいるよ」

「身内にだけ優しいってことですね。そういうのは、顔色をうかがっているだけですよ。別に優しいわけじゃありません」

「あぁ、そういうことかぁ……」

確かに他の人がいる前ではいい顔をしていても、私と二人きりになった途端に無表情になる人もいる。

「じゃあ、ナナの好きな人はきちんとナナにも優しいんだ？」

「うん。ホントはアタシだけに優しくしてほしいんだけどねー」

「おぉ！　今の発言、すっごく乙女っぽい……！」

「何で変なところに感動してるの？」

「でもそういう人って、誰にでも優しいからこそ魅力的なのではないですか？」

エリムの指摘に、ナナは表情を暗くする。なんだか切なげだ。

「そうなんだよねー。私にだけ優しいっていうのも想像つかないし、それはそれで嫌かなって思っちゃう」

「それに、誰にでも優しいからこそ貴方にも優しくしてくれた。……違いますか？」

続いてされた指摘に、ついに彼女は顔をうつむかせた。長いため息が吐き出される。

疲れてるような、諦めているような。そんなため息だ。そんなため息も出してしまうだろう。エリムの指摘は、あまりにも心をえぐってくる。

「……分かってるよ、そのくらい」

消え入りそうな声で、ナナは呟いた。全然想像が出来なかった彼女の恋愛事情だけど、ここまでの話を聞く限りでは私たちとあまり変わらないらしい。

「というか、私は驚いていますよ。てっきり貴方は、男を侍らせているものだとばかり思っていましたので。純情なのですね」

「それは私も思った」

「風評被害がヤバ過ぎるでしょ」

風評被害と言っていいのか悩んだが、あんまり言葉の意味を分かっていないので何も言わなかった。隣のエリムも、何も言ってこないし。

「そもそも侍らせるのって大変そうじゃない？　男同士で小競り合いとかありそうだし、それ収めたりするのとか、アタシ出来ないよ」

「あ、それは確かに出来なそうです」

「ちょっと！　それどういう意味!?」

「そのままの意味ですけど」

「あからさまに肯定されるとムカつくんだけど……！」

「ま、まぁまぁ二人とも落ち着いて」

再び空気が悪くなるのが分かって、流石に今度は間に止めに入った。落ち着いてと言われたら二人とも口は閉じてくれたけれど不満げで、今にも口から挑発の言葉が飛んでいきそうだ。

「け、結局ナナの好きな人は誰にでも優しいとしか分からなかったな。その人とは、結局どうなったの？」

それを防ぐために、私は話を元に戻す。

「何か話す気なくなっちゃったし、今度はこの子の話聞こうよ」

そう言ってナナは、エリムの背後に回り込んで肩を掴んだ。

「なっ……貴方たちに話すことなんて何もありませんよ！」

半ば無理矢理、肩の手を払い除ける。その顔にはちょっとした怒りが込められていた。

そりゃそうだろう。いきなり触られたら、誰だって拒絶する。

「えー。誰にも話さないから逆に話しやすいかもって言ってたじゃんか」

仕方なさそうに、ナナは元の位置に座り直した。

「それはそういう見方も出来るというだけで、私が話す理由にはなってません」

「エリムが好きな人は……うーん、真面目な人かなー？」

「そんなのエリムからしてみれば大前提なんじゃないの？　ね？」

笑いながら、エリムのほうを振り返る。すると、彼女は目を見開いて驚いていた。その表情のまま固まっており、ゆっくりと顔が赤く染まっていく。まるで茹でられているタコみたいだ。見たことないけど。それっぽくて面白い。

「ち、ちが、違いますよ」

「うわ、こっちが引くほど動揺してる。もしかして図星なワケ？」

「わ、私がそんなんわけないじゃないですか⁉」

彼女がこんな風にテンパるなんて想像出来なかったから、自然と笑いがこみ上げてくる。

それとも、学校の友達にはこういう姿を普段から見せているんだろうか？　案外そうなのかもしれない。想像は出来なかったけれど、今のテンパっている彼女の姿に違和感はない。

「この様子だと当たりっぽいね。なんかちょっと喋り方がおかしくなってるし」

「意外」

「うん、意外」

「なんていうかさ、堅実とかなら分かるんだけど、真面目っていうのはどういうワケかしっくりこない」

「言っておきながらしっくりこないんですか……？」

「うん。だって適当に言ったんだもん」

「適当……ってことはつまり、反応しないでいたら流せていたってことなんですね……」

なんだかこの世の終わりみたいな表情をしている。こんな恋バナで絶望していたら、もっと過激な話題になったら死んでしまうんじゃ……？

そうは思ったけれど、誰もそこまで踏み込んだ話はしていないので何も言わない。この調子だと、私にも回ってくる。あんまり踏み込んだ話は、いくら他の人に話されないんだとしてもしたくない。

「っていうか、貴方の勝手なイメージでしっくりこなくても別にいいですから！　そうですよ。私は、嫌ってほど真面目な人が好きです」

「お、開き直った」

「私も真面目な人のほうがいいとは思うよ」

　中学生の頃は、ちょっとくらい悪いほうが魅力的に見えていた。だからこそ、先生に対して反抗している人と付き合ったこともある。けれど徐々に悪化していく私への態度に、遂には泣いてしまった。その次の日に泣いていることに気付いて心配してきたバレー部の子たちに事情を話したら、私の扱いについて彼に抗議しに行ってくれたのが懐かしい。結局反省したからやり直そうと言われたけど、皆がやめたほうが良いっていうからやめたんだっけ……。

「でもその『嫌ってほど』っていうのは気になるかな。何かのこだわりなの？」

「こだわり……。そうですね、こだわりです」

「どういうこだわりなワケー？　すっごく気になるんだけど」

「うん。私も気になる！」

　エリムは落ち着くためにゆっくりと深呼吸をした後、しばし話すのをためらった。けれど私たち二人の視線に耐えられなかったのか、再び口を開いた。

「他人には優しく、けれど自分には厳しい。……そういうストイックさを持っている人に、私は惹かれると思っています」

「思っていますって何？　どういうこと？　既に惹かれた人がいるワケじゃないの？」

「そうだよ。何かあったの？　それが気になるんだよー！」

「も、もう私の番は終わりにしませんか？　私、ルルの話が気になります！」

その言葉で、ナナもこちらを向いた。

「え、私⁉」

来るだろうとは思っていたけれど、いざ指名されると驚いて全身が震える。

「確かに気になるかも。話聞く限りじゃ、中学まではクラスの輪の中心にいたっぽいし。実は経験も豊富なんじゃない？」

「そんなのないない！」

「本当ですか？」

「ないよ！」

どうしてそう思われちゃうんだろう⁉　絶対二人のほうが経験豊富だよ！　そうに決まってる！

そもそもどの程度までを経験していれば経験豊富なのかが分からない。二人の基準が分からない以上、下手に話すと大変なことになってしまうだろう。それは出来る限り避けたい。

「それにあったとしても面白い話なんてないよ！　私なんてほら、普通の女子高生だし！」

「普通じゃないから、症候群患ってここにいるんでしょうが」

「嫌いな人の話はスラスラ出てくるのに、好きな人の話は出てこないんですか？」

視線を向けられる立場になってみると、二人から向けられる圧力が本当にすごい。話そうと思えば話せなくもないが、何だか話すのをためらってしまう。面白くないと切り捨てられてしまうのが怖いし、かといって掘り下げられるのも怖い。私の番が最後だから、さっきのエリムみたいに次を促すことも出来ない。どうしよう！　困った！

「……い、今は自分のことをちゃんと見てくれる人と恋したいかな……」

結局、二人の視線に負けて話し始めた。二人ともこのくらいのことしか話していないんだし、私もこのくらいでいいだろう。

けれど、二人はどこか不満そうな視線を向けてくる。

「もうちょっと過激な話を期待してたのに」

「地味そうに見える子のほうが、案外そういう事になってたりしますよね」

「何で私だけそんなにぶちまけないといけないの!?　それはいくらなんでも不公平じゃんか……」

二人が過激な話をしていたら、自分も自分の経験にある話ならしたかもしれないが、していないのに一人だけ話すなんて嫌だ。

「っていうか、エリムは私のこと地味って思ってたの⁉」

私の指摘に、彼女は本当に『しまった』というような顔をした。悪気が無さそうなだけに余計にイラッとくる。

「ついうっかり口にしてしまいました。申し訳ございません」

けれどエリムは、深々と頭を下げてきた。

頭を下げるのがあまりにも自然だったこと、その下げ方がとても綺麗だったことで、私は言葉を詰まらせた。

「あ、えっと……そんなに気にしてないから、大丈夫」

そのまま、思わず許してしまう。

すると彼女は、即座に頭を上げた。その顔には、してやったりという表情がこれでもかってくらいに浮かんでいる。

「ありがとうございます」

私は、思わず震えた。

「うわー。凄い令嬢パワーだ」

「こういう時には役に立ちますね。でも、その言い方はやめてください」

「それ以外の呼び方なんてないでしょ」

「ないない」

○

昼休み、屋上へ続く階段を上がる。今日は相沢さんも田中さんも委員会に呼ばれているせいで、一緒にご飯を食べることが出来ない。だから、もしかしたら二人のどちらかがいるかもしれないと思った私は屋上に向かっている。

エリムがいる可能性はそんなにないけれど、ナナはいるかもしれない。なんたって、ナナの裏アカウントを知ったキッカケとなった写真を上げていた日のような良い天気だ。暑いといえば暑いし、もしかしたら現在進行形で撮っている最中かもしれない。そのタイミングで入るのは気まずいけど、いざって時は笑って流せばいいはずだ……たぶんだけど。

ってていうかもし怒られたとしても、そもそも公共の場でそんなことをしているほうが悪い。私は何にも悪くないだろう。そういう時も、出来るだけ流してしまおう。

「……あれ？」

屋上の扉を開くと、そこには誰もいなかった。申し訳程度に備え付けられている花壇に植えられた花が、風に揺れている。

驚きはしたが、こういう日があってもおかしくはない。私にも来なかった日があるのだから、他の二人が同時に来ない日だってあるだろう。割り切っていつもより足を長めに伸ばしながら、いつもの場所に座る。

「いただきます」

お弁当を開いて、食べ始める。今日も変わらず、昨日の残りが入っているお弁当だ。美味しいけれど、物によっては味が濃くなってて辛い場合もあるからあんまり好きじゃない。それよりも、冷凍食品のほうが好きだ。色んな種類があって面白いし。

「……そういえば、二人ってどんなお弁当食べてるんだろう」

ふと、そんなことを思った。考えてみると、私は一緒にお昼ご飯を食べてくれる人がいるから、お昼休みに屋上へ来たことはなかった。あの二人といるとなんとも言えないモヤモヤが心に広がるけど、かといって一緒に食べるのを拒むのも何だか面倒くさいせいだ。

そんなわけで、二人のお弁当を見たことがない。どうせ考えることもないので、雰囲気から想像してみる。

ナナは、イメージ通りで行けば菓子パン一個を食べていそうだ。それも、材料がいいのもあって小さくても高いような品物を。糖分や脂質が抑えられた、甘さ控えめのパンかもしれない。それを毎日持ってきて、スマートフォン片手に食べている。そんな光景が、鮮明に私の頭には浮かび上がった。私からしてみればあんまり違和感がないけど、実際にはどうなんだろう。きちんとお弁当なのかな？　そうじゃないと、お腹空く気がする。少なくとも私は時間ないからって渡されたお金で買った購買のパンだと、いつもよりお腹が減るのが早くなる。ナナがもしもそうじゃないんなら、ちょっと羨ましい。あんまり食べなくていいってことは、太らないってことでもあるし。

エリムはそもそも何かを食べているのか分からなくて、全くといっていいほどイメージが湧いてこない。ハンバーガーすら食べられないような環境なのだ。私が食べているものとは全く違うものを食べているんだろう。キャビアとか、フォアグラとかそういう。でも、そんなにしょっちゅう食べるものなのかな？　しょっちゅう食べてたとしても、まさか学校のお弁当に入れて持って来たりはしないだろうし……。そうやって考えていると、お弁当であっても何が入っているのか謎だ。

「あ！」

急に、私も知っている中でエリムのお弁当に入っていてもおかしくないものが頭に思い浮かんだ。サンドイッチだ。元々は貴族が食べていたものらしいし、令嬢である彼女が食べていたとしてもおかしくないだろう。

けど、毎日サンドイッチは飽きちゃいそうだなぁ……。入れる具材も限られてくるだろうし。いっぱいあったとしても、まずパン自体に飽きてしまうことだってあるだろう。

「あ……」

もしかしたら、こういう周りからの先入観が彼女たちに押しつけられたせいで、求愛性少女症候群を発症してしまったのかもしれない。ビッチだから、令嬢だから。けど、本当の彼女たちはそうじゃないんだ。

せめて同じものを患っている私は、押しつけるのをやめておこう。

「ごちそうさまでした」

食べ終わり、お弁当箱を片付ける。気分転換のために立ち上がって、グラウンドの見えるフェンスにもたれかかる。グラウンドには既にご飯を食べ終わったらしい運動部がいて、数人とはいえ元気にボールを転がしている。私もバレー部だった頃は、わざわざ昼休みも体育館に行ってバレーしてたな。部活でバレーして、休み時間にもバレーをする。今思うと、何でそこまでしてやっていたのかよく分からない。

あの時の私は、楽しかったのかな……？

「あー！　もう！」

こういうのを考えるのも違うと思い、グラウンドから顔を上げて空を見上げる。空は青く、雲一つない。紫外線が強いかもしれないと、リュックから日焼け止めを取り出して塗る。朝も塗ってきたけれど、こまめに塗るのがやっぱり大事だ。頻繁に汗をかくくらい暑くなったら、もっとこまめに塗るようにしないとなぁ。今年は、あんまり暑くならなければいいんだけど。そう思っても暑くなるんだろうなぁ。嫌だなぁ。

嫌なことが多過ぎる世界になっちゃったなぁ。

改めて、そんな風に感じてしまった。

○

「今日って二人とも、まだ時間ある？」

放課後。屋上に三人が集っていた日。

もう暗くなってきたしと屋上から出る帰り際に、ナナがそう聞いてきた。階段を降りながら、話を続ける。

「そういう問いかけかたは困ります。用件を先に言っていただかなければ、時間がとれるかどうかは答えられません」

「マキワ寄って帰らない？」

「寄って帰ります」

「話が早くて助かるー！」

「ちょうど気になる新作バーガーが出ていたので、行こうと思っていたところだったんですよ。タイミングがいいですね」

流れるような会話に、思わずまばたきの回数が増える。一瞬だけとはいえ空気が悪くなりかけたのもあって、ジェットコースターに乗ったみたいな気持ちにさせられた。それも、超高速のものだ。

「で、ルルはどうする？」

「あー。大丈夫だとは思う。けど心配だから、一応親に連絡してみるね」

「お願いっ！」

その言葉に、そして下げられた頭に、二度見どころか三度見した。それはエリムも同じだったみたいで、彼女もナナのほうを見て固まっている。当の本人は、どうして驚いてるのか分からなそうに首を傾(かし)げている。

「……ナナの口からお願いの言葉が出てくるだなんて思いもしませんでした。しかも、頭まで下げるなんて」

「同じく。びっくりしたせいで、心臓がバクバク言ってる」

「失礼な。アタシだって、人にお願いするときはちゃんとするに決まってるじゃん」

ニコニコと浮かべている笑顔も、いつもと違って邪(よこしま)さっていうか……なんだろう、そういうのが感じられない。けどそういうのってあっても嬉(うれ)しくないから、今の笑みを見ていると悪い気はしない。

そんなことを思いながら、お母さんに帰りが遅くなること、そして晩ご飯は外で食べて帰るからいらないことを伝える。今日は休みだからか、すぐに了解のメッセージが返ってきた。

「了解もらったから、私も行くよ」

「そっか。それなら良かった」

「でも、お願いって何？　マキワって今、何かキャンペーンやってるの？」

「そういうわけじゃないんだけど、二人に見せたいものがあって」

「見せたいもの？」

私とエリムの声が重なる。それがちょっと恥ずかしくて、さらに口を開くのがためらわれた。代わりに咳払い（せきばらい）をしたエリムが、口を開いた。

「今、ここでは見せられないものなんですか？」

「見せられなくはないけど、アタシがお腹空（なかす）いちゃったんだよね。二人はお腹空いてないワケ？」

「ううん、お腹空いてる」

「店まで歩けば、ちょうど良くお腹が空きそうです」

「そうでしょ？　それじゃあ行こう！」

いつもより元気に見えるナナの後を追いかけて、玄関に向かう。

「どうしたの今日。何かいいことあった？」

「ううん。別に何も？」

この時の私は、まだ知らなかった。ナナが私たちをマキワに招いた理由を。そこで見せたいものとして出される物を……。

○

「それで、見せたい物って何？」

それぞれが頼んだセットの載ったトレーを手にして、席に着く。エリムは、宣言通りに頼んだ新作バーガーに早速かぶりついている。確かにエビがいっぱい入ってるみたいで美味しそうだったけど、ソースの辛さが想像できなかったから私はいつも頼んでいるメニューにした。

「まぁ、まずは食べようよ」

言いながらナナは、サラダにドレッシングをかけている。

「そうするけど、これで本当は何もなかったとか言わないでよね」

「それは言わないって」

見せたい物があるからと言われて来たはずなのにと思いつつ、お腹は空いているのでハンバーガーを口にする。いつもと変わらない味だ。

「これ、広告で見たものよりもエビが入っていないように感じるのですが……誇大広告じゃないんですか？」

バーガーから口を離したエリムが、そう口にした。食べ始めてからまだそんなに経っていないはずなのに、もうけっこう食べ進められている。案外、食欲旺盛なんだろうか。

ってていうか、あんなにエビアピールしてたのにあんまり入ってないの⁉

「いや、値段考えてみたら分かるでしょうが」

確かに、値段は普通のメニューとあまり変わらないものだ。エビって高そうだし、あんまり入れられないのか。それなら納得だ。

「……それもそうですね」

ナナの言葉に頷き、エリムはそのまま食べ進める。今度は、ポテトとドリンクを平行して飲み食いしていた。

「エビの量はおいといて、味はどんな感じ？」

「この前のと同じくらい美味しいと思います。ただ、ちょっと辛い気はしますね。そこも私は好きですけど」

「やっぱりそうなんだ。じゃあ私は、頼まなくて良かったかも」

「ルルは、辛いものは苦手なんですか？」

「ちょっと苦手かな。甘いほうが好き」

そんな会話をポツポツと交わしていたら、いつの間にか三人ともジュースを除いたメニューを食べ終わっていた。

ナナはそろそろ、言っていた物を見せたっていいだろう。

「それでさ、結局見せたい物って何だったの？」

「夜の学校って、興味ない？」

いきなりの質問に、目をパチクリする。

どういうこと？　ひとまず、エリムのほうを見て助けを求めた。彼女は、ため息をつく。

「また、質問に質問で返すつもりですか？」

「これから見せる物に、夜の学校が関係しているんだからしょーがないじゃん！　で、どっちなワケ？　興味ある？　ない？」

「夜の学校に興味、ですか……」

エリムが悩み始めたところで、やっと私の頭が質問を理解した。

夜の学校。少なからず、ロマンを感じる。

「私はちょっとだけだけど興味あるかな。暗くて怖そうだけど、誰もいない校舎っていうのは見てみたいかも」

「ああ、そういうことなのですね。それでしたら興味があります」

「やっぱりそうだよね！　見てみたいよね!?」

前のめりになるナナの勢いもあり、私たち二人は頷（うなず）いた。するとと彼女は自らのリュックから、一つの鍵を取り出して見せてくる。どこでも見かけられそうな、銀色をしている。

家の鍵よりも、少し大きい。

「これ、何だと思う？」

「え？」

この会話の流れでいったらもう、一つしかなくない……？

「学校の、鍵？」

おそるおそる、そう聞いてみる。すると、目の前のナナの笑みがいつもと同じ邪さをもったものになっていた。ここまでの態度は、物事を上手く進めるためにしていたものだったのかもしれない。そう考えると、違和感にも納得が出来る。

「そう！　晩ご飯も食べたし、そろそろ人もいなくなってるだろうし、学校に戻ってみない？」

「そんな軽く言うことじゃないよね!?」

「だってさー、正当に入る手段がここにあるんだよ？　なかったら難しいことかもしれないけど、これさえあれば簡単なコトじゃん」

鍵は正当な物かもしれないけど、夜に女子高生がそれを使って入るのは正当じゃない。

「それ、どこで手に入れたんですか？」

「ヒミツに決まってるじゃん」

「ほ、本物なの？」

「昼間にちゃんと使えるかどうか確認したから、間違いなく本物だよ」

「言えないようなことなんですか？　それとも、ただの好奇心とかですか？　もしくは症候群にまつわることとか」

そこでナナが途端に勢いを失った。

「それは、その……」

「その学校で何をするんですか？」

照れ方が、この前恋バナした時の照れ方と似ている。っていうことは、好きな人にまつわるおまじないとかを試したいんだろうか。確か、相手の上履きを履いて何歩か歩いたらみたいなものがあったはずだ。そういうことなら、日中じゃなくて夜に行きたがるのも分かる。いや、本当に行こうとするのはよく分からないけど。

でも、おまじないをしようとするところは可愛いので応援したくなる。

「が、学校に着いてから言う。だから二人ともついてきてよ」

「随分と乱暴なことを言ってきますね……」

ナナにしてはめちゃくちゃだけど、恋する少女は一生懸命なんだろう。そう思ったら、何だかニヤけてきた。思っていたより、純情なのかな？

「行こうよ。面白そうだし。それに……」

症候群に関係しているかもしれないなら、行ったほうがいいだろう。なので私は、同意の言葉を言った。

「……行こうって言ってくれるのは嬉しいけど、その視線は何か気になる。何？　どういう感情？」

「なんでもないよ？　それで、エリムはどうする？」

彼女はしばらく悩むように目を閉じていたけれど、急に目を開けて立ち上がった。

「気になるのでついて行きます。いいですか。絶対に学校についたら、目的を言ってくださいね」

「別に悪いことはしないって」

「学校に入るのも充分悪いことだよ」

「それはこの際気にしない、気にしない」

私たち二人も立ち上がって、ファストフード店を後にした。

○

夜の学校は、遠目から見てもホラーな雰囲気があった。明るいときに見ると安心するのに、今は一切安心できそうにない。けれど二人は何のためらいもなく進んでいくので、私も表情を崩さないように後を追いかける。中学校とは違って七不思議とか聞いたことないし、多分大丈夫だろう……。知らないだけとかだったら泣いてしまいそうだ。

学校に着いてから、エリムが無言でナナに詰め寄る。ナナはためらっていたけれど、観念したように口を開いた。

「お菓子を、作ろうと思って」

「は？」

「お菓子……？」

予想とは違った答えに、私も驚く。エリムの反応は、裏アカウントのほうっぽい。ってていうかそれなら、家で作ればいいのに。何でわざわざ学校に来てまで作ろうとしているんだろう。

「家だと調理器具はあっても、滅多に作らないからお菓子のための器具とかないワケ。だから、学校に来ようと思って」

言われることは分かっているとでも言いたげに、彼女は先に事情を説明した。つまり、結構凝ったものを作ろうとしている？　となると好きな人にあげるんだろうから、完全に予想が違ったわけではないらしい。

「そのお菓子、どうするんですか。まだバレンタインデーは先ですよ」

それでも納得いってないらしいエリムが、なおも詰め寄る。間違えたらチュッてしちゃいそうな距離だ。よほど納得出来ないらしい。

「そこまでは話さなくて良くない!?　っていうか、勝手に好きな人にあげること前提にしないでくれる?」

「え、違うんですか?」

じっと、エリムはナナを見つめる。

「いや、あの、近すぎない?　距離感バグってんの……?」

ゆっくりと逸らされている視線が、もう答えになっているだろう。

「違わないけど……」

ついに耐えられなかったのか、肯定の言葉を口にした。思わず言ってしまったらしく、ナナ本人が一番驚いている。

しかし、言ってしまったことはもう戻らないと分かったのだろう。またいつものナナらしい表情に戻った。そのまま、むしろエリムのほうへ詰め寄る。これにはエリムがたじろぎ、一歩引いた。

「目的が分かったら充分でしょ!?　ほら行くよ!」

ナナはそう言うと、校舎のほうにズンズンと進んでいった。その場にエリムと取り残される。目が合うと、彼女は意地が悪そうな顔で口を開いた。

「このまま行かなかったら、どんな顔をするんでしょうね」

「……まぁ、行く義理はないよね」

それでも進んでしまうのは、夜の学校というシチュエーションに心が躍っているからかもしれない。何を作るんだろうというのも気になる。

「まぁ、危なくなったらあの人に脅されたことにしましょう」

エリムも、ついて行くらしい。なんだかんだ、二人とも甘いのかもしれない。

「そうだね」

そうして、もうだいぶ先に行っているナナを追いかけた。

「遅いよ二人とも。何？　帰ろうとかの算段してたワケ？」

「違いますよ。ただ、どこにお菓子の材料があるのかなと思いまして」

何でもないように嘘をつくエリムだ。

「そんな心配してたの？　ちゃんとリュックの中に入ってるよ」

「そうですか。それなら良かったです」

「さ、開けたから入ろうよ」

本当に、いつも朝に入っている玄関が開いていた。悪いことをしている罪悪感が胸の中を埋めるが、ナナに誘われたせいだから私は悪くないのだと誰かに言い訳をしながら扉を開けて中に入る。そして、いつもの上履きに履き替えた。

ナナのスマートフォンの明かりを頼りに、家庭科室を目指す。三階の一番端だから、結構遠い。

「思ってたより暗い」

「まだ夜にしては明るいほうだから、冬になるともっと暗くなるかもよ」

「誰の声もしない校舎っていうのは、すごく新鮮ですね」

「いつもならどこかに、誰かしらがいるもんねー」

　そんな雑談をしながら、横一列でゆっくりと進んでいく。スマートフォンの明かりは小さめで、階段を上がるときなんかはちょっと怖い。それに、やっぱり何かいるんじゃないかと思うと心臓がバクバクする。影が揺れると、その度に全身が震える。

　けれどそんなことを言ったら絶対に笑われるのが目に見えていたから、出来る限り普通を装って話し続ける。

「あ、一年の階だ」

　ナナの言葉に目をよくこらしてみれば、確かに一番前にある教室のプレートには一年と書かれていた。多分いつもと同じ道を通ってきたはずなのに、気がつかなかった。明るさが違うだけで、いつもとまったく違う場所に思える。

「二年の階とは離れてるから、久しぶりに見たかも」

「思い入れとかあるんですか？」

「そんなものないけど？」

「そうだと思いました」

「アンタたちだって、教室に思い入れを持つほど学校好きじゃないでしょ？」

「それは、確かにそうかなぁ……」

「私は好きですよ。家じゃない場所なので」

「それだって消去法じゃん。ずっといたいってことじゃないでしょ」

「それはそうですが……」

教室のある階から上がり、三階にたどり着いた。三階になると、少しだけ明るくなっているような気もする。

そのまま廊下を進み続けて、家庭科室前にたどり着いた。そこで私は、一つの事実に気づく。

「学校に入れたのはいいけど、家庭科室を開けるのはまた別の鍵なんじゃないの？」

もしもそうだったら、職員室まで取りに行かなければならない。だけど職員室にも鍵がかかっているだろうし、もしかかってなくて入れたとしても鍵の入った箱にだって鍵がかかっているだろう。玄関の鍵があったとしても、入れるところは限られているから無駄なんじゃ……？

「大丈夫。これマスターキーだからどこでも開くよ」

ガチャリと音をたてて、家庭科室の扉が開いた。本当にマスターキーらしい。驚きに声が出ない。なんで、そんなものを一生徒のはずのナナが持ってるんだろう。

「……本当に、どこでそんなの手に入れたんですか」

「欲しい？　なら情報料貰うけど？」

「いらないです」

「そんなハッキリ言わなくてもいいじゃんかー」

彼女は楽しそうに笑いながら、家庭科室の電気をつける。すると、調理実習をするときに見る光景が目の前に広がった。それでも日中のように外が明るいわけではないから、いつもよりかは暗いんだろう。

「ところで、何作るの？」

リュックからチョコレートやエプロンなんかを取り出しているナナに問いかける。これが全部リュックに入っていたのかと驚いてしまうほど、量が多い。家から持ってきたんだろうし、今日提出の課題はどうしたんだろう？

うーん……。

よくよく考えるとナナって課題出してなさそうだし、関係ないのかもしれない。どこまでも自由な人だ。

「チョコレートスフレ」

「えっ、本当？　いいなー、貰える人が羨ましいかも」

チョコレート菓子の中でも、特に好きな部類に入るお菓子だ。最近食べていないから、余計に恋しい。

「手伝ってくれたら、いくつかはあげてもいいけど？　それを餌にして手伝ってもらうために、エプロンも予備を持ってきてるし」

「手伝う！」

「ありがと、助かる。……一応聞くけど、エリムはどうする？」

「何も出来ませんので、前の席から見ておきます」

「素直で助かる。邪魔されても困るし」

言いながらエプロンを身につけたナナは、どこかのカフェで働く店員さんみたいに決まっていた。元々がすごく整ってるから、多分白いシャツにジーンズを合わせるだけでも充分決まるんだろうな。……すごく羨ましい。

そんな思いを振り払いつつ、彼女に借りたエプロンを身につける。柄のないシンプルなエプロンだ。自分が着ると、なんだか違う感じがするけれど……どうせ今いる二人にしか見られないんだし、二人は私の格好になんて興味ないだろう。気にしないようにして、手を洗う。

「やっぱりご令嬢サマともなると、お菓子とか作らないんだね。それとも、メイドさんとかに作ってもらうカンジ？」

ナナはテキパキと動いて必要な物を家庭科室中から集めて、一つのテーブルに置いた。準備がないから学校に来たっていってたから不安だったけど、お菓子作り自体は得意なのかもしれない。最近引っ越したばかりで、買い揃えられてないだけとか。

……出来るように見せかけるのが上手いだけだったらどうしよう。私も、お菓子作りは得意なほうじゃない。大変なことにならないといいけど。

「いえ。誰かにあげるようなお菓子は市販のものを買っています。それが一番無難なので」

「無難なのは分かるけど、手作りして気持ちを込めたい時だってあるじゃん？　ね？」

同意を求められたので、私は頷く。

「お金はあんまりかけられないから、せめて時間だけはかけなきゃって思うことはあるかな」

「そうそう。お小遣いにも限度ってあるしね」

「まるで私のお小遣いに限度がないみたいな言われようですね。流石にありますよ」

「でも、手作りをあげようって思ったことはないんでしょ？」

「ないですね。おそらく、私が手作りに心がこもっているとは思わないせいかもしれません」

「そうなの？」

「だって、殺菌の不十分なキッチンでものを作っているんでしょう？　そんなの、愛でもなんでもありませんよ」

「うっ」

それを言われてしまうと、返す言葉がない気がする。どう反論するんだろうとナナのほうを見ると、そっかと興味なさそうな言葉を返した。

髪の毛を結び、彼女らしくない腕まくりまでしている。どうやら、お菓子作りのほうに専念しようとしているようだ。

「これ以上話しても分かり合えないみたいだし、アタシはスフレ作りに集中するよ」

「賢明な判断です」

「ルル、よろしくね」

「あ、うん」

それからは、ナナの指示に従ってスフレ作りを進めていった。彼女がスマートフォンにダウンロードしていた動画を参考にして、作業を進めていく。こうやって動画で手順を知ることが出来るのは、すごく便利だ。

「次、これ混ぜてもらっていい？」

「うん、分かった」

「お願いね」

それに、ナナが私にしてくる指示も的確だった。主だったことは自分でやりつつ、細々としたことを私に任せてくる。

作業をしているナナの顔は真剣で、本当に相手のことを想っているのだということがよく伝わってきた。こんなに想える人がいるっていうのは、素敵なことだ。ちょっと羨ましい。私はこんなにも想うことが出来る人に、出会えるんだろうか……。出会えたらいいなぁ。っていうかもしも出会えたとして、どんな人なんだろう。自分のことを見てくれるっていうのは大前提として、カッコイイ人だといいな。そんなことを思いながら、チョコレートをかき混ぜる。

そしてエリムはというと、じっとこちらの作業の様子を見つめている。何というか、すごく興味深そうだ。

「そんなに興味深い？」

「ええ。実はまだ家庭科でお菓子を作ったことがなくて、作っているところを見るのは初めてなんですよ」

「あ、確かにまだおかずしか作ったことなかったね。最初の頃は調理実習自体なかったし」

……ん？　ということは家庭科で初めて料理を作ってるところを見たってことなんだろうか？　流石(さすが)は令嬢って感じだ。

「見てみてどう？　面白い？」

「すごく興味深いですね。その白いのは何ですか？」

「メレンゲっていうんだよ」

「これが……」

私の言葉に、エリムは目を見開いて驚いた。そんなに驚くこととは思っていなかったので、私のほうも驚く。

「それがメレンゲというものなんですか」

「もしかして、見たことなかったの？」

「はい。本で名前を見たことはあったのですが、実物ははじめて見ました」

するると、変な声が聞こえてきた。振り返ると、ナナがむせていた。すごく苦しそうだったから思わず駆け寄ると、途端に笑い始めた。どうやら、エリムの発言がめちゃくちゃツボったらしい。

「は、発言が江戸時代のヒトみたいで面白すぎる。こっちは真剣にやってるんだから、笑わせないでよ」

「笑わせようとはしてないんですけど……っていうか、江戸時代は言い過ぎじゃないですか？」

「いーや、江戸時代でもまだ足りないくらいかもよ？」

「今日この日ほど、メレンゲの歴史を知らないことを悔やんだことはありませんよ」

「どういう意味……？」

二人のやり取りについていけない私は、黙々とかき混ぜ続ける。

メレンゲの歴史がなんだっていうんだろう。頭がいい人は、やっぱり時々よく分からないことを言ってるなぁ……。

「あ、もうそれ以上混ぜなくていいよ。貸して？」

ナナがそう言うので、ボウルを渡す。代わりにというように、彼女の目線がシンクに向いた。シンクには、すでに使い終わったものが並んでいる。

「次、こっち片付けてもらっていい？」

「うん。分かった」

私が洗っている間にも、彼女はテキパキと作業を進める。いつの間にか、スフレがオーブンの中に吸い込まれていた。もうすでに、ちょっとだけいい感じの香りがしているような、いないような。

「待って？　これ、美味(おい)しく食べられるのは作ってからすぐって書いてるんだけど⁉」

ナナが動画をこちらに突きつけてくる。動画には、確かに彼女が言ったとおりの言葉が書いてあった。

「え、じゃあ家の人しか食べられなくない？」

「そう！　渡せないってコト！」

「まぁ、スフレなんて繊細はものはそんな感じだと思いますよ？」

「そ、そっか……」

エリムの言葉に素直になるくらいには、へこんでいるらしい。いつもだったら絶対、ここで反論してたと思う。

「作り終わるまで気がつかなかったのが意外だよ。動画の概要欄にも書いてあるし」

「ホントだ……」

「貴方(あなた)にしては手痛いミスですね」

その言葉には黙ったままだったけど、顔が赤くなりつつあるのがよく分かる。本当に恥ずかしいんだろう。

せっかく作って練習したお菓子が、実は人に渡せるものではなかった。それ自体は別にお茶目(ちゃめ)で済まされることだけど、人前でやらかしてしまったのがよくなかった。私が同じ状況になっても、同じくらい恥ずかしくなっていただろう。

それから、ナナは椅子に深々と座って沈黙を続ける。あえて、私もエリムも何も言わなかった。下手なことを言っても、彼女の気を悪くするだけだろう。

ところが気のせいではなくいい香りが辺りに広がりだした頃、ナナはゆっくりと立ち上がった。ゆらりとした立ち方に、思わず肩が震える。こ、このまま暴れ出したりしたらどうしよう⁉

「アタシが食べたかったから作ったってことにしよう」

しかし、ナナは思っていたよりも冷静だった。

「そ、それでいいの？」

「いいの！」

「開き直りも甚だしいですね」

「アタシがいいって言ったら、それでいいの！　美味しそうな匂いがするから、これは成功だね。良かったー！」

満面の笑みが、どこか苦しく感じる……。けれど、同情されるのも嫌だろう。だから私は、それでいいんだというナナの言葉をそのまま受け取った。

「熱いままを、すぐに食べるんでしょ？」

「そうだよ」

「それなら、菌とかの心配はそこまでしなくていいんじゃない？　どうせなら、エリムも食べようよ」

「え。私は、別にお構いなく。というかそんなこと、一生懸命作っていたナナが認めないんじゃないですか？　ねえ？」

確かに主に作っていたのはナナだ。毎回衝突しているエリムには、あげたくないかな？

「ど、どうかな？」

「え、いいんじゃない？」

不安だったけど、ナナは肯定してくれた。これは本当に強がりでもなんでもなさそうだったから、ちょっと意外だった。

「いいの？」

「うん。元々そのつもりだったからさ」

言って彼女は、オーブンの前に立って様子を見ている。彼女に続いて様子を見ると、ちょうどいい感じに膨らんできている。

「結構作ったし、一人だけ食べさせないっていうのも気分悪いし食べたら？」

取り出すと、より一層いい香りが広がる。美味しそう！　早く食べたい！

「……本当にいいんですか？」

「どうしても食べたくないって言うんなら、無理強いはしないけど」

「食べます」

「あ、食べるんだ」

「目の前でこれだけいい香りされたら、食べたくなっちゃうよね」

「これを見ているだけっていうのは、スフレにも失礼な気がしますしね」

「どういうこと？　それ」

「そういうことです」

よく分からないことは置いておいて、粉砂糖を茶こしで振りかけたら完成だ。六個焼いたので、一人二つ食べられる。

ナナがお皿に盛り付けると、綺麗でお洒落なものになった！

「すごい！」

「まぁねー！」

何も知らないままどこかのカフェで出しているものだと言われて出されたら、絶対に信じていただろう。そのくらいお洒落だ。

「見た目自体も、結構上手く出来たと思う。味も保証するから」

「流石に場所が場所だからＳＮＳにはアップ出来そうにないけど、記念に写真撮っておこうかな。手伝ったし」

「あ、じゃあアタシも久しぶりに自撮りしようかな」

自撮りという言葉で、真っ先にいつもの露出度高めなものが頭をよぎった。人前でもするの⁉

「いきなりここで脱がないでね⁉　脱ぐんなら、私たちの目の届かないところにして！」

「そういうのじゃなくて、ただの自撮りだってば」

「あ、それなら良かった」

「流石にあいうことは、人前ではやらないって」

「本当ですか？」

「ホントに決まってるじゃん。そんなこと言われると、スフレ食べさせてあげたくなくなるんだけど」

「そう思って、もう食べてます。美味しいです」

「……そう。ならいいけど」

「え、もう食べて良かったんだ？　じゃあ、いただきます！」

スプーンでスフレを、口の中に運ぶ。すると、入れた途端に口の中で一瞬にして溶けてしまった。その食感も味も、たまらなく美味しい。

「美味しい！」

「いります？　私の分のもう一個」

「え？　いいの？」

この軽さだったら、三個くらい余裕で食べられそうだ。

「はい。私は一個で充分なので」

「じゃあ……」

貰おうとしたけれど、その瞬間にカロリーという言葉が頭の中に現れた。しかも、今は夜だ。二つでも本当は良くないのに、三つも食べたら体重が……ありえないくらい増えてしまうんじゃ……。

「……やっぱりやめておくね」

悩んだけれど、今は貰わないことにした。悩んでいる間に『貰ってしまえ』という悪魔の囁きが何度も聞こえて、本当につらかった。

「そんなに葛藤している人間の表情、中々見られませんよ……」

「そうかな……」

「二人とも、ちょっといい？」

聞こえてきたナナの声は、スフレを作っている最中くらい真剣なものだった。もう作り終わって吹っ切れてたはずなのに、どうしたんだろう？

「どうしたの？」

彼女のほうを向くと、その瞬間『何かがいつもと違う』と思った。けど、その何かが咄嗟に出てこない。時間帯が時間帯だから？　それとも、いつもと違う場所だから？

「あのさ、今二人にアタシの目ってどう映ってる？」

その言葉に、視線を目に集中させる。すると、そこには。

「ハートマークが……」

「なくなってますね……」

「やっぱり、そうなんだ」

そう言う彼女の顔は、これまで見たことがないほどの笑顔だった。

どうやらナナの症状も、解決してしまったらしい。

これで私は、一人残されてしまったことになる。目の前が、真っ暗になっていく感覚は久しぶりだ。

◆少女たちの決別

スフレを作るための夜の学校に入った、その帰り道。

目が治ってテンションが上がりに上がっていたせいで、片付けている最中の記憶がない。っていうか、ちゃんと片付けたかな？　あと、ちゃんと鍵かけたかな？　明日になって学校から何か盗まれてたらどうしよう。エリムは上手く誤魔化せるだろうけど、ルルが誤魔化せるとは思えない。問い詰められたら、絶対素直に学校にいましたと言ってしまうだろう。それは口止めしていても変わらないだろうし、出来ることはないかな。過去のアタシが鍵をかけていることを期待するしかない。かけてなかったら二人が何か言ってくるはずだし、かけてるはずだ。きっと。たぶん。

そんな大きな不安があっても、アタシの足取りは軽かった。自然と軽くなってしまっている。

けれどそこで、急激に不安に駆られた。元に戻ったのは、あの瞬間だけの奇跡だったんじゃないか。そう思えば思うほど、そうなんじゃないかという気がしてくる。長い間自分の目にあったものが、突然なくなったのだ。一回見ただけでは、ホントかどうか信じられない。

いったん立ち止まり、改めてスマホのカバーに付いている小さな鏡を見る。不安だったから、ゆっくりと鏡の前に顔を固定する。

そこにはハートマークのなくなった、アタシの黒い目があった。

「わー……!」

あの瞬間だけ戻ったわけじゃなく、確かに元に戻ったのだ。

さっきは突然のことで驚きのほうが上回っていたけれど、ようやく嬉しさのほうが大きくなった。思わずニヤけてしまうけど、今日くらいはいいだろう。周りは暗くて人通りも少ないし、アタシの顔をマジマジ見る人なんていないだろうから。もしもいたら、通報してやる。

これでやっと、変な噂の原因はひとまずなくなった。後は、なんとかして裏アカをやめるだけだ。それから、頑張って先輩と話せるようになろう。そしていつか、誕生日にきちんとお菓子を渡せるような関係になりたい。スフレが好きって言ってたし、それが渡せるようになれば一番いい。

とはいえ裏アカをやめることも、先輩と話せるようになることも難しいだろう。けれど、症候群を克服した今、出来ないことは何にもないように感じられた。だってきっと、症候群を克服出来たのは少しでも自分から先輩に近づこうとしているからだ。確信はないけれど、きっとそうだと直感する。これからもっと近づけるように努力すれば、きっと大丈夫。

とりあえず、これからの将来に向けてモデルとしての活動を再開したいな。目にハートマークが浮かび上がってからは、症候群に対するイメージも悪くって出来てなかったワケだし。解決した今なら、前よりもスタイルも良くなってる自信がある。けれど、それだけじゃ戻ることは難しいだろう。しばらくはSNSで、地道にフォロワーを増やすのに専念したほうが良さそうだ。

ちょうど新しいSNSも、出来てるみたいだし。

そう。最近は皆、出来たばかりのSNSのほうに移行しつつある。今まで使っていたSNSの使用率は、目に見えて下がっている。思い切ってアカウントを消す人も多いくらいだ。

誰もいないところに何かを投稿しても、自己満足は出来るかもしれないけど承認欲求は満たされない。

アタシも移行しようとしているけれど、まだ勝手がよく分かっていない。投稿するのが画像じゃなくて短い動画になったっていうのが大きな壁だ。動画はあまり撮ってこなかったから、しばらくは様子見するしかない。

それでも、アタシなら人気を得ることなんて難しくないだろう。

「だって、こんなに可愛(かわい)いんだし……！」

もう一度、鏡で自分の黒目を見る。

目がハートマークなのも変なことを噂されないなら可愛いと思っていたけれど、やっぱり元々の黒が一番可愛い。

○

嫌な予感は、していた。

だってそうだろう。三人の関係は、それぞれの症候群を解決するためというあくまで利己的なものだ。二人も解決してしまった今、この関係を残しておく理由なんてない。いつ、解散を宣言されるんだろうか。もしかして、このまま自然消滅的な？　どうなるのか全く分からずに、ただ怯えながら毎日を過ごしていた。そのせいで、屋上には近づけなかった。もちろん屋上に行かないことが、離れていくのを止められるわけじゃない。ただただ、私が逃げているだけだ。

私じゃ、二人が離れていくのを止めることは出来ない。

二人にとって、私は友達じゃないから。

恋バナをして、お菓子を作って、症候群以外のこともいっぱい話して……私としては、今までにないくらい友達だと思ってるんだけど、それは私が勝手に思ってるだけなんだろう。寂しいことだ。

「ルルちゃん、最近元気ないね？　ククラリ？」

そんなことに気をとられながらも、いつもの子たちとお昼ご飯を食べていた。食べているけれど、味はよく分からない。

「ククラリ……？」

多分クラクラしていることを言いたいんだろうけど、リが付くだけで何かふわふわしてくる。あんまり深刻そうじゃなくなる、っていうか。

「語感が良くない？　ククラリって」

「……確かに、ちょっと可愛いかも」

「だよねー」

相沢さんは、思わず笑ってしまった私を見てどこか嬉しそうにした。けれどすぐに、真剣な顔でこちらをのぞき込んでくる。

「でも、本当にクラクラなら無理しちゃいけないからね」

「うん、分かってる」

「屋上に行くことで元気になれるんなら、行ったほうがいいと思うよ」

「え？」

屋上って……。

「行かなくなってから、目に見えて元気なくなってるしさ」

彼女はためらいがちにそう言った。『サボるのは本当は良くないけどね』と小さな声で付け加えている。

「……相沢さんからも、そんな風に見えてる？」

屋上に行っているから元気になっているわけではないんだけど、あの二人と話すことで元気になっていたのは事実だ。そうだ。それくらい、あの子たちと話すのは楽しかったんだ。

「うん。田中さんからもそう見えてるはずだよ。ね？」

彼女の視線を追って、私も田中さんのほうを見る。田中さんはいつものように本を読んでいたが、急にこっちを向いた。

「うん、そう見えてた」

「そ、そっか……」

全てに興味がなさそうな田中さんにすらそう見られていたんなら、よほどのことなんだろう。

「そろそろ、昼休み終わるけど」

本を閉じて、田中さんは言った。その言葉に、相沢さんは頷くと片付けて教室に戻る準備をした。そして、呆気にとられている私に問いかける。

「私たちは教室に戻るけど、ルルちゃんはどうする？」

「……どう、しよ」

今この時間に屋上に行って、二人がいるという確信はない。分からないのに、サボっちゃっていいのかな。いや、次の授業は数学だからサボれるんならサボりたいけど、でも、授業についていけなくなったら困るし。っていうか毎回ノート写させてもらってたら、相沢さんも迷惑だろうし。

「ノートなら大丈夫だよ。私、ルルちゃんよりも成績いいし」

そんな私の考えていることが分かったのか、相沢さんがはそんなことを言った。まさか相沢さんがそんな挑発的なことを言ってくるだなんて思わなくて、驚いてしまう。けれどすぐに、私は笑った。そして、リュックをしっかりと手に握る。

「じゃあ、よろしくね！」

そのまま二人を背にして、屋上に向かった。

二人に会って、きちんと話をしよう。そんな思いを、抱きながら。

○

キンコンカンコンと、五限目が始まるチャイムが鳴った。相沢さんと田中さんは、今頃真面目(まじめ)に授業を受けているんだろう。……そういえば最近やってるところって難しいし、ノートだけで理解出来るだろうか。ちょっと不安になってきた。

「……はぁ」

ため息が出る。

私はというと、屋上の前に来ていた。けれど、中々扉を開けることが出来ない。二人のうちどちらかでもいるだろうか、いないだろうか。こういうのが開けるまで分からないことを、何とかの猫って言うってこの前テレビでやってたような……。何だったかな？

いや、今は名前とかどうでもいい。今大事なのは、二人がいるかいないか。そして、もしもいた場合に何て声をかければいいのかだ。何て声をかけよう。っていうか声をかけたとして、ちゃんと返事があるんだろうか。もう関係なんて一切ないんだし、無視される可能性だってある？　だとしたら結構きついなぁ。そんな扱いを受けるくらいなら、来なきゃ良かったかも……。まだ扉を開けてもないのに、嫌な想像が頭を埋め尽くす。このまま教室に戻ろうかな……。

ピロリン！

そう思っていたら、スマートフォンの通知音が私のリュックから聞こえた。あれ？　マナーモードにしてなかったっけ⁉　慌ててリュックの中から取り出すと、案の定マナーモードになっていなかった。急いでマナーモードにしてから、何の通知なのかを確認する。すると、それはナナからのメッセージだった。

『いつまでそこにいるつもり？』

「えっ？」

見られてる……？　意識して扉を見てみると、ガラス越しに屋上の中が見える部分があった。そこから向こうを見ると、ナナとエリムもこっちを見ていて目線がぶつかる。二人ともいた。そして、反応がある。私は、扉を勢いよく開けた。

「いつから、見てたの！」

恥ずかしさに叫ぶ私を、二人は笑う。

「扉の前に来た時から、ずっと見てたよ。すごい悩んでたから、入ってこないのかと思った」

「どうして、そんなに悩んでいたんですか？」

「どうしてって……」

決意してここに来たはずなのに、二人とどう向き合えばいいのかが分からなかったからだ。……そう、素直に言うべきなんだろうか。言ったところで、どうにかなるの？　っていうか、察しのいい二人なら全部分かってるんじゃないの？　その上で私が何を言うのか探ってるんなら、いくらなんでも性格が悪いんじゃない？

色んな言葉が頭に浮かんで、どれから言えばいいのか分からなかった。無言になってしまい、屋上は沈黙する。

けれど、決意した以上は私から言わなきゃいけない。何のためにここに来たのか、分からなくなってしまう。

「……もう、このグループは解散なのかな?」

出てきた声は思っていたよりもずっと小さくて、二人に届いたか分からなかった。けれど、二人にはちゃんと届いていたらしい。どこか、こちらを哀れむような顔になる。その表情に、私は顔がこわばるのを感じる。ちょっとだけ、怖い。

「……私たちは二人とも、解決してしまいましたからね。集まる理由は、なくなってしまったかもしれません」

「でも、流石(さすが)に夜の学校でスフレ作るのに付き合ってもらったりしてるからさ……手を貸す必要があるっていうんなら、集まろうかな?ってカンジ。ねぇ?」

ナナがエリムに同意を求めた瞬間に、エリムはどうして私も?というような表情になった。彼女のことは手伝ってないんだから、当然といえば当然だろう。けれどエリムはすぐに表情を戻して、そうですねと同意する。

「何か出来ることがあれば、言ってください。それに、私もナナも屋上にいるかもしれません。一緒になったときには、お話くらい聞きますよ」

「でもそれじゃ、私の症状は解決しないと思う……!」

今まで通りに屋上で話していたんじゃ、解決なんて絶対しないだろう。かといって、手を借りたいことなんて思い浮かばない。どうすればいいのか分からなくて、私は追い詰められるような感覚に陥る。自然と涙が出そうになる。

「なん、何で泣きそうになってるワケ？　そんな、泣くことじゃないじゃん。ね？」

「泣きそうなんかじゃ、ないし……」

「何で変なところで強がるの」

「強がってないし！」

「強がってるじゃん！」

「落ち着いてください」

言い合いになりそうになる私たちの間に、エリムが入ってくる。彼女の言葉で、私たちは深呼吸をした。私の鼻からは、ずびずびと音がする。私は、間違いなく泣いている。

まるで私だけ置いてけぼりにされてしまったみたいで、すごく怖いんだ。

「結局ルルは、何に悩んでいるんですか？」

穏やかな口調のエリムが、そう問いかけてくる。

「それは……」

頭に浮かぶのは、目の前で落ちていくバレーボール。いつの間にか発症してしまった、よく分からない症候群に苦しめられてきた日々。突き飛ばしてしまったユカの顔。そして、人の顔色をうかがって過ごすようになった日々。

全部が全部、私の小さな背中に悩みとして乗っかっている。けれど、それを上手く口に出来る気がしなかった。「何に」悩んでいるかが、ハッキリしていないんだ。だから、私は、誰かを頼ることも難しい。

私は黙って、下を見る。下には、涙のシミがちょっとだけ出来ていた。

「それが分からなければ、私たちには手が出せませんよ」

そう言うエリムの声からは、少しの申し訳なさを感じた。エリムが悪いわけじゃないのにと思う私と、どうにもならないせいで彼女を悪人にしてしまいたい私が頭の中でせめぎ合う。

どうしよう。どうすればいいんだろう。分からない。

「アタシにはさ、前にも言ったように好きな人がいるんだ」

混乱する私の前で、ナナの声がそんな話をし始めた。今そんな話をするなんてと思って顔をあげると、穏やかな顔でナナがこちらを見ている。その手には、ハンカチが握られていた。使いなよと目で言われ、大人しくそれで涙を拭く。すると、単純かもしれないけど少しだけ落ち着いた。ハンカチを手にして、話し始めたナナに向き合う。

「その人に好かれようと思ってあれこれ悩んだ挙げ句に、こんな症状が出ちゃったんだと思う」

「……それが、どうして解決したの？」

「露出して目立とうとするんじゃなくて、スフレを作ってあげようっていう地道なアピが大事ってことなんだと思う」

「なにそれ……？」

「ごめん、上手く言葉には出来ないや」

ナナは、笑いながらも困ったような顔になった。

「……っていうか、なんで露出して目立って気を引こうとしたの」

ちょっと嫌みっぽく言ってみる。でも本心だ。私にとっては、スフレを作ることのほうが最初に思いつくから。

「前のアタシには、それしか思い浮かばなくってさ」

「今のナナは、それ以外も思いつくの？」

「思いつく、思いつく。アタシは二人と共犯になって、変わったんだよ」

感慨深げに、ナナが言った。どこか、満足げでもある。

「エリムはどう？」

突然話題を振られて、エリムは目を見開いた。けれど彼女も、ナナと同じような顔になって口を開く。

「変わったと思いますよ。前までの私なら、手を貸しますだなんて言わなかったでしょうから」

「だよねー」

言われてみると、確かにそうかもしれない。共犯という冷たい響きから始まった関係だけど、いつの間にか微熱くらいにはなっていたんだろう。

「だからさ、そんなに焦らなくていいと思うよ。そりゃ症状はアタシたちより大変だと思うけど、そんなに人と触れ合うこともないじゃん？　なに？　抱きつきたいとかある？」

「そ、そんなんじゃないけど……」

抱きつく？と聞きながら迫ってくるナナをかわす。その光景を見て笑うエリムにつられて、私も笑った。そこで安堵したように、ナナも笑った。

「とりあえず、小さいけど普段やらないことから始めてみようよ」

「例えば？」

「成績上位になるくらい勉強するというのはどうでしょう？　最終的には、順位が掲示されるくらいまで頑張るとか」

「は、ハードルが高い」

「それは小さいことじゃないってば。例えば……髪の毛を切るとか」

「それも小さいことではなくありませんか？　ここまで伸ばしている以上、こだわりもあるでしょう。簡単に切るってわけにも行かないと思うのですが」

「例えばじゃんかー」

　二人はそう言い合いながら、あれなら？これなら？と勧めてくる。けれど、私の中では髪の毛を切るってことが一番ピンときた。エリムの言うとおり、こだわりがないわけではない。けれど、そんなにも意固地になるようなものでもない。何より、とても気分転換らしい行為だと思えた。

「うん。私、髪の毛切ってみるよ」

　だからこそ、二人に宣言する。二人は同時にこちらを向いて、目をパチクリさせた。

「き、強要してるわけじゃないんだけど？」

「そのくらい分かってるよ」

「後悔しませんか？」

「しないよ。だって、自分の選択だもん」

　自分で決めたことだ。もしも後悔したとしても、二人のせいにしたりはしない。

「おニューの私を、楽しみにしててね」

　私は不安そうにこちらを見る二人を安心させようと、思いっきり笑った。すると二人も強制じゃないことを理解したのか、笑い返してくれた。

「いい美容師さんだといいですね」

「ホントだよ」

◆エピローグ

朝早くの学校。

とはいっても、私の基準でいう早い朝だ。だからこそ部活の朝練は終わり、皆が着替えや片付けを済ませて教室に戻ろうとしている。

けど、いつも朝礼が始まるギリギリに教室へ着く私にとっては、すごく早朝だ。

こんなにも朝早くから学校に来た私は、屋上にいた。教室にいる気分じゃなかったからだ。それに、教室に行くとエリムとすれ違うかもしれないと思った。まだ、すれ違うわけにはいかない。心の準備が必要だ。

深呼吸をする。

涼しくなった首元に、朝の冷たい風が当たって少し冷たい。

髪を切ってもらった後、そのまま美容師さんに撮ってもらった写真の中の自分と見つめ合った。この前までの私は髪が長いからこそ、年相応に見えていたんだろう。短髪になった私は、やけに幼く見える。高校生というよりかは、中学生に近い。でも、思っていたよりかは悪くなかった。あんまり加工をせずとも、悪くないと思えてしまうのは自意識過剰だろうか。

「……よし！」

私は心の準備を整えると、スマートフォンの画面をタップした。

『写真が送信されました』

送った先は、共犯していた二人と話していたトーク画面だ。髪を切った直後から送ろうとは思っていたのだけど、今の今まで心の準備が出来ていなかった。ここに来てようやく決意が出来て、送ることが出来た。

「どんな反応するのかな」

少しでも驚いてくれたらいいな。もしかしたらあんまり興味ないかもしれないけど、それでも別に私としては満足してるから……。やっぱり、少しくらいは感情を動かしてほしいかもしれない。なんなら驚きのあまりに、私のところに来てくれたら嬉しい。

もしも来てくれたら、今までのことを話してみようかなと思う。人に話すってことは、自分の中で整理しないと出来ないことだし。そう思って昨日は色々思い返してみてたんだけど、なんと細かいところを忘れてた。昔のことになりつつあるんだから、当然といえば当然なのかもしれないけど。このままだともしかしたら、克服するというよりかは私の中で嫌なことの占める割合が小さくなってどうでもよくなってしまうかもしれない。生きてれば、嫌なことなんて毎日いっぱい降りかかってくるしね。過去のことにばかり構っていられないっていうか。昨日も小テストヤバかったし。

とはいえ二人が来ることに期待してはみるけど、今日はちゃんと授業に出る日なのかな？　トークで反応してくれるだけでも、嬉しいんだけどな。

「あ……」

髪の毛が短いということも忘れ、思わず髪の毛を視界から振り払う動作をしてしまう。小学生以来の短髪には、まだ慣れない。気を抜くと邪魔だと思って振り払ってしまうし、結ぼうとすることもある。けれど、ゆっくり慣れていけばいいだろう。

でもやっぱり、気分は軽くなったかな。そのせいかは分からないけど、美容師さんに髪を切ってもらった後の体調は、そんなに悪くならなかった。

もしかしたら治ったのかもしれないと思い、帰ってからお母さんに触ったらちょっと痛かったからまだ治ってはないいんだろう。それでも、少しだけ痛みがなくなっているような気もする。少しずつでもなくなっていけば、いつかは元に戻るかもしれない。

そこまでを考えたところで、朝礼の始まりを告げるチャイムが鳴った。いつもなら焦るところだけど、今日は焦らなくていい。

今頃、担任が皆に私の様子について知っている子はいないかを聞いているかもしれない。相沢さんや私と出席番号が近い人は、靴箱に靴があるのにいないことを疑問に思っているかもしれない。そう考えると、ちょっと面白くなった。学校に来ているのに、いないことにされている。笑い事じゃないんだろうけど、なんか笑ってしまう。

っていうか、そろそろ両親が呼ばれて怒られる頃だろうか。そういうこともあるって相沢さんが言ってたけど、本当なのかな。だとしたら、ナナとかめちゃくちゃ呼ばれてそうだなぁ。本当なのって、聞いとけば良かった。もしかしたら噂ってだけでそんなことないのかもしれないし、知らないだけでめちゃくちゃ呼ばれてるのかもしれないし。

「保護者を学校に呼ばれるナナって、考えたらダサいなぁ」

本人がいないことをいいことに、思いっきり笑う。同じくらい、エリムが呼ばれていてもダサい。そんな事実を知ったら、二人に幻滅してしまうかもしれない。それは嫌だな。知らないままでいたい。

なんにせよ、私は今日限りにしないと。

両親に知られたら、お小遣いが減らされるのは間違いない。下手をすると、塾に通わなきゃならなくなるかもしれない。ただでさえ学校から出ている課題のせいで自由時間がなくて大変なのに、これ以上少なくなったら何にも出来なくなってしまう。それだけは避けなきゃいけない。

だけど、今日の一限目だけはサボろう。

思いっきり、心と体を楽にしよう。誰もいないから、体調不良になる心配もいらない。レジャーシートを持ってきたから、そこに寝転がってもいい。昨日あんまり寝られなかったから、寝てしまうかもしれない。そのままだと二限目まで寝ちゃいそうだから、一限が終わる頃に鳴るようにアラームをかけておかないと。

今日だけとはいえそんなことを考える私は、明らかに悪い子だ。

「めっ！」

屋上に響く声で、そう自らに言い聞かせた。

あとがき

はじめましての方ははじめまして。

お久しぶりの方はお久しぶりです。城崎と申します。

この度は『ベノム　求愛性少女症候群』を読んでいただき、誠にありがとうございます。

これから読まれる方は、何卒よろしくお願いします。

自分は後書きから読む派なので、同じ派閥の方に配慮してネタバレのない後書きにいたします。

担当さんから「楽曲を題材にしたライトノベルの企画を考えている」ということは耳にしており、面白そう、どんな作家さんが書かれるのだろうなと期待していたら、まさかの自分が書かせていただくことになっていました。ありがたい限りなのですが、すごく不思議なことでもあります。というのも『ベノム』をはじめとしたかいりきベアさんの楽曲を元々好きで聴いていたので、好きなものにこういった形で関われることが出来たということにちょっと現実味がないからです。どこか第三者の視点ですごいなぁと眺めてしまいます。自分のことのように思えません。でも頑張って本文を書いた記憶があるので、自分のことなのだと思います。

何はともあれ、このような幸運を恵んでいただけたことに心より感謝を申し上げます。

ありがとうございます。

それでは続いて謝辞を。

担当のMさん。いつも本当にお世話になっております。今回は書き上げるのが遅くなるなどのご迷惑をおかけして申し訳ありません。これからもっと精進していきます。

楽曲を小説にする機会をくださったかいりきベアさん。かいりきベアさんが描かれる、今時の女の子らしさをきちんと表現出来ましたでしょうか？　出来ていたら幸いです。

イラストを書いてくださったのうさん。イラストを見た時は特にそれぞれの子が着ている服装の本人らしさ、お洒落さに驚きました。本当に素敵です。

そして、この本に関わっていただいたすべての方々、また、この本を手に取ってくださったあなたに感謝を。本当にありがとうございます！

それでは、また機会がありましたらお会いしましょう。

ファンレター、作品のご感想をお待ちしています

あて先

〒102-0071　東京都千代田区富士見2-13-12
株式会社KADOKAWA　MF文庫J編集部気付
「城崎先生」係　「のう先生」係　「かいりきベア先生」係

MF文庫J

ベノム
求愛性少女症候群

2021年4月25日 初版発行
2023年10月15日 18版発行

著者 城崎
原作・監修 かいりきベア
発行者 山下直久
発行 株式会社 KADOKAWA
〒102-8177 東京都千代田区富士見2-13-3
0570-002-301（ナビダイヤル）

印刷 株式会社 KADOKAWA
製本 株式会社 KADOKAWA

Printed in Japan ISBN 978-4-04-680394-8 C0193

●お問い合わせ（メディアファクトリー ブランド）
https://www.kadokawa.co.jp/（「お問い合わせ」へお進みください）
※内容によっては、お答えできない場合があります。
※サポートは日本国内のみとさせていただきます。
※Japanese text only

◆◇◇

今作でキャラクター化した

ベノム

ダーリンダンス

失敗作少女

のミュージックビデオは
YouTube、ニコニコ動画で楽しめます！

[YouTube]

[ニコニコ動画]

※こちらの情報は2021年6月現在のものとなります。